Victor Hugo

Le Dernier Jour d'un Condamné

Édition présentée,
établie et annotée
par Roger Borderie

Gallimard

PRÉFACE

« Nous qui sommes modernes, serons anciens dans quelques siècles », écrivit La Bruyère. Voulait-il dire que le temps confère quelque autorité aux choses qui durent ? Ou bien entendait-il que la modernité se périme avec le temps ? Auquel cas nous lui répondrions, avec Stravinski, que « l'œuvre qui a été moderne en son temps, le restera à jamais ». Le temps qui passe et l'œuvre de Hugo n'ont pas fini de donner raison à Stravinski.

Hugo fait parler le néant, le gouffre, l'océan, la misère. Ces choses-là ne se démodent pas. Ce qui sera actuel demain a sa source dans Hugo et attend d'être lu. Pour que l'invention littéraire de Hugo se tarisse aux yeux de ses lecteurs futurs, il faudrait que la mer se dessèche, que les mots de haine et d'amour se vident de leur sens, que l'humanité renonce à ses vertiges. L'œuvre de Hugo est vieille comme le monde et jeune comme lui. Elle porte en elle les germes de son propre avenir. Comment les siècles pourraient-ils la périmer ? Elle se nourrit du temps qui passe et sa modernité réside dans ses inépuisables ressources de renouvellement.

Singulière modernité de Hugo : un seul livre, celui que nous donnons ici, suffirait à l'établir. Modernité du « thème » — la question de la peine de mort n'est-elle pas plus vivement débattue que jamais ? — inséparable de la modernité de l'écriture.

À propos du Dernier Jour d'un Condamné, c'est de l'ultramodernité de Hugo qu'il conviendrait de parler. La présence insistante, obsédante de la première personne du singulier dans ce livre correspond à la naissance littéraire du Je. C'est là le premier grand monologue intérieur de la littérature moderne. Les précédents invoqués par Hugo (René, Le Voyage autour de ma chambre) sont des exemples purement circonstanciels : il s'agit de convaincre un éditeur qui craint d'effrayer sa clientèle que telle fiction monstrueuse n'est pas trop neuve. Elle l'est. René — son prénom le désigne — prend les autres à témoin. Le Condamné (même une majuscule n'y peut rien) parle dans le néant de sa propre voix. Premier discours sans tête, qui ressasse, tout au long du texte, l'idée de la décapitation physique. Premier discours sans fin, puisque le terrible massicot de la guillotine dérobe au narrateur son dernier chapitre. Première biographie envisagée sous l'angle de l'agonie.

Nous avons, depuis Samuel Beckett et Georges Bataille, quelques clefs nouvelles pour lire Le Dernier Jour d'un Condamné. Le projet de Hugo était apparemment très simple : montrer l'horreur de la peine

de mort, et pour cela, imaginer le récit d'un condamné qui sera exécuté dans quelques heures et note
ses impressions (l'expression est bien faible) au fur
et à mesure que le délai vient à expiration. Mais Je
est lui-même le délai, qui expirera. L'horreur de la
mort est liée, chez Hugo, à une fascination du néant.
Une chose est ce raisonnable projet de livre contre la
peine de mort qu'il emporte dans ses cartons depuis
quelques années ; autre chose cet irrépressible mouvement qui le pousse à griffonner sur une page, quelques mots avant de se mettre à la rédaction du Dernier Jour, ce titre : L'Amant de la Mort. Mort dont il
rêvera encore en termes de sinistres épousailles :

« — Mon bon ami, dans six mois cette prison sera
beaucoup mieux.

» Et son geste semblait ajouter :

» — Vous n'en jouirez pas, c'est dommage.

» Il souriait presque. J'ai cru voir le moment où il
allait me railler doucement, comme on plaisante une
jeune mariée le soir de ses noces. »

Il y a du Bataille dans ces notations, dans ce titre,
dans ce ton.

Aujourd'hui nous savons que le Dernier Jour est
l'histoire d'un homme sans nom qui écrit parce qu'il
ne peut plus parler à personne. Devant l'aumônier,
le concierge, le gendarme qui défilent dans sa prison,
le condamné reste muet. Tout au plus s'autorise-t-il
un sarcasme, une allusion que personne ne compren-
dra (il s'adresse en latin au concierge). Même sa
fille, ce qui lui est le plus cher au monde, ne lui est
plus accessible par les mots. Chaque bribe de phrase

consacre la séparation. Le mariage avec la Veuve commence par un divorce d'avec les autres. Les dernières heures sont celles du discours impossible. Le narrateur joue et perd sans cesse au jeu truqué de la « voix ». Il faut cependant persévérer dans l'impossible. « Si abrégée que soit ma vie, il y aura bien encore dans les angoisses, dans les terreurs, dans les tortures qui la rempliront, de cette heure à la dernière, de quoi user cette plume et tarir cet encrier. » Tel est le sens de ce combat mené par le condamné contre l'ombre qu'il est à lui-même. Ombre d'un langage qui ne lui sert à rien. Son langage ne comble pas le vide qu'il est à lui-même : il n'est plus là que pour être ce vide. Le condamné, dans la proximité de sa mort, découvre ceci : que l'indicible n'est pas ce que l'on ne peut pas dire (car on peut tout dire), mais ce que le « dire » ne peut pas (car le « dire » ne peut rien). Ce combat, c'est celui de l'anonyme singulier s'adressant à l'anonyme pluriel. Je est un autre. Je suis fait des mêmes os, du même sang, de la même boue que l'autre. Je ne sais plus parler. Je : la prison du condamné est avant tout grammaticale. D'autres sont venus dans ces murs et ont gravé leurs noms dans la pierre : ils signaient toute leur silence. Les deux lettres du mot Je caviardent toute identité, et l'amant de la mort n'a pas de nom. Si Hugo a laissé en blanc l'Histoire du condamné c'est aussi pour que nous puissions substituer à ce vide la vanité de toute notre propre histoire, le « blanc » essentiel de toute biographie. Je suis n'importe qui. N'avoir pas de nom, les avoir tous : c'est tout un. Murphy, Malone, Molloy...

La référence à Beckett ne doit pas surprendre. Le condamné n'emploie-t-il pas une formule aux accents étrangement modernes pour définir son propos, dans lequel il voit « le procès-verbal de la pensée agonisante » ? Songeons à ce cul-de-jatte enfermé dans une jarre, réduit à n'être plus qu'un rôle, à n'être plus qu'un râle, long, désespéré, grotesque. Même existence au bord du vide, même expérience de l'être nu, en proie au chevauchement instantané de l'idée et de la réalité de sa mort prochaine ; même recours au délire verbal, au langage malade (témoin, ici, le long développement concernant l'argot, cette langue monstre) ; même monologue dont le sens est soustrait à l'Autre ; même souffle tiède exhalé dans l'humidité froide du cachot ; même exiguïté dérisoire du Temps et du Lieu, une fausse éternité qui coule comme du pus, ce temps qui ne laisse plus le temps d'être autre chose que du Temps. Et toujours la parole, ce discours qui se poursuivra « si j'ai la force de le mener jusqu'au moment où il me sera physiquement impossible de continuer cette histoire, nécessairement inachevée ». Imaginez-le, prêt à tout, prêt à se vider de tous ses mots, ce narrateur tombé dans le piège d'une éternité tronquée. Je suis à la fois au bout du rouleau et prêt à le dévider comme ça mille ans encore. Qui dit mieux ? Même humour enfin, humour impossible, fait de colère et de honte, de révolte et de désespoir.

L'huissier interroge le condamné :

« — Ah ! savez-vous la grande nouvelle de Paris, aujourd'hui ?

» — *Je crois la savoir* », répond le condamné. Ailleurs, il note : « *C'est une soirée que je me rappellerai toute ma vie.*

» *Toute ma vie !* »

On le harcèle :

« — *À quoi pensez-vous donc ?*

» — *Je pense,* ai-je répondu, *que je ne penserai plus ce soir.* » Humour tour à tour éperdu et gros de rage étouffée.

« *C'était mon tour. J'ai monté d'une allure assez ferme.*

» — *Il va bien !* a dit une femme à côté des gendarmes.

» *Cet atroce éloge m'a donné du courage.* [...]

» — *Chapeaux bas ! chapeaux bas !* criaient mille bouches ensemble. — *Comme pour le roi.*

» *Alors j'ai ri horriblement aussi, moi, et j'ai dit au prêtre :*

» — *Eux les chapeaux, moi la tête.* [...]

» *On louait des tables, des chaises, des échafaudages, des charrettes. Tout pliait de spectateurs. Des marchands de sang humain criaient à tue-tête :*

» — *Qui veut des places ?*

» *Une rage m'a pris contre ce peuple. J'ai eu envie de leur crier :*

» — *Qui veut la mienne ?* »

Et encore ceci, fascinant morceau :

« *Un jeune homme, près de la fenêtre, qui écrivait, avec un crayon, sur un portefeuille, a demandé à un des guichetiers comment s'appelait ce qu'on faisait là.*

» — *La toilette du condamné, a répondu l'autre.*

» *J'ai compris que cela serait demain dans le journal.*

» *Tout à coup l'un des valets m'a enlevé ma veste, et l'autre a pris mes deux mains qui pendaient, les a ramenées derrière mon dos, et j'ai senti les nœuds d'une corde se rouler lentement autour de mes poignets rapprochés. En même temps, l'autre détachait ma chemise de batiste, seul lambeau qui me restât du moi d'autrefois, l'a fait en quelque sorte hésiter un moment ; puis il s'est mis à couper le col.*

» *À cette précaution horrible, au saisissement de l'acier qui touchait mon cou, mes coudes ont tressailli, et j'ai laissé échapper un rugissement étouffé. La main de l'exécuteur a tremblé.*

» — *Monsieur, m'a-t-il dit, pardon ! Est-ce que je vous ai fait mal ?*

» *Ces bourreaux sont des hommes très doux.* »

Je ne lis jamais Le Dernier Jour d'un Condamné sans éprouver une terreur fascinée. Le mufle de la mort promené sur le dos. Je frissonne, éprouvant pour ce bavard qui va bientôt se taire, une sympathie frémissante. Ce bavard, car enfin le condamné ne nous dit rien, tout au long de ce qu'il appelle son autopsie intellectuelle (ah ! Flaubert !), sinon qu'il va mourir. Je suis à ses côtés pour rêver à une destinée si peu glorieuse de l'écrit, lorsqu'il me murmure : « À moins qu'après ma mort le vent ne joue dans le préau avec ces morceaux de papier souillés de boue, ou qu'ils n'aillent pourrir à la pluie, collés en étoiles à *la vitre cassée d'un guichetier. » Le plus inquiétant dans tout cela, n'est-ce pas que la détresse où il est tombé puisse en fin de compte faire l'objet d'un discours ? À la vérité, il s'est pris au piège des mots, et à un point tel qu'il ne peut plus dénoncer ce piège qu'à l'aide d'autres mots. À présent la machine peut marcher toute seule. Il peut écrire dix pages, vingt pages, comme ça, avec la tête vide et le cœur sec. Il peut tenir. Il a le souffle. Ici, allongé sur le dos, il se peut qu'il n'en finisse plus d'en finir. Mais il se sent capable de parler jusqu'au bout. Il peut commenter sa décrépitude avec un luxe de détails qui fait vraiment de lui un parleur. Il est à la fois Prométhée, le foie, le rocher et l'aigle. Pourquoi ne serait-il pas mon semblable, mon frère ? Ce livre est dédié à tous ceux qui parlent et qui meurent.*

ROGER BORDERIE

Le Dernier Jour d'un Condamné

1829

PRÉFACE DE LA
PREMIÈRE ÉDITION

Il y a deux manières de se rendre compte de l'existence de ce livre. Ou il y a eu, en effet, une liasse de papiers jaunes et inégaux sur lesquels on a trouvé, enregistrées une à une, les dernières pensées d'un misérable ; ou il s'est rencontré un homme, un rêveur occupé à observer la nature au profit de l'art, un philosophe, un poëte, que sais-je ? dont cette idée a été la fantaisie, qui l'a prise ou plutôt s'est laissé prendre par elle, et n'a pu s'en débarrasser qu'en la jetant dans un livre.

De ces deux explications, le lecteur choisira celle qu'il voudra.

UNE COMÉDIE
À PROPOS
D'UNE TRAGÉDIE*

PERSONNAGES

MADAME DE BLINVAL.

LE CHEVALIER.

ERGASTE.

UN POÊTE ÉLÉGIAQUE.

UN PHILOSOPHE.

UN GROS MONSIEUR.

UN MONSIEUR MAIGRE.

DES FEMMES.

UN LAQUAIS.

* Nous avons cru devoir réimprimer ici l'espèce de préface en dialogue qu'on va lire, et qui accompagnait la troisième édition du *Dernier Jour d'un Condamné.* Il faut se rappeler, en la lisant, au milieu de quelles objections politiques, morales et littéraires les premières éditions de ce livre furent publiées. *Note de l'édition de 1832.*
(*Les astérisques renvoient aux notes de Victor Hugo. Les appels de notes 1, 2, 3, renvoient aux notes de l'éditeur.*)

UN SALON

UN POÈTE ÉLÉGIAQUE, *lisant.*

. . . .
. . . .

Le lendemain, des pas traversaient la forêt,
Un chien le long du fleuve en aboyant errait ;
Et quand la bachelette en larmes
Revint s'asseoir, le cœur rempli d'alarmes,
Sur la tant vieille tour de l'antique châtel,
Elle entendit les flots gémir, la triste Isaure,
Mais plus n'entendit la mandore[1]
Du gentil ménestrel !

TOUT L'AUDITOIRE

Bravo ! charmant ! ravissant !

On bat des mains.

MADAME DE BLINVAL

Il y a dans cette fin un mystère indéfinissable qui
tire les larmes des yeux.

1. Sorte de luth semblable à une grosse mandoline.

LE POÈTE ÉLÉGIAQUE, *modestement.*

La catastrophe est voilée.

LE CHEVALIER, *hochant la tête.*

Mandore, ménestrel, c'est du romantique, ça !

LE POÈTE ÉLÉGIAQUE

Oui, monsieur, mais du romantique raisonnable, du vrai romantique. Que voulez-vous ? Il faut bien faire quelques concessions.

LE CHEVALIER

Des concessions ! des concessions ! c'est comme cela qu'on perd le goût. Je donnerais tous les vers romantiques seulement pour ce quatrain :

De par le Pinde et par Cythère,
Gentil-Bernard[1] est averti
Que l'Art d'Aimer doit samedi
Venir souper chez l'Art de Plaire.

Voilà la vraie poésie ! *L'Art d'Aimer qui soupe samedi chez l'Art de Plaire !* à la bonne heure ! Mais aujourd'hui c'est la *mandore,* le *ménestrel.* On ne fait plus de *poésies fugitives.* Si j'étais poète, je ferais des *poésies fugitives* : mais je ne suis pas poète, moi.

1. Pierre-Auguste Bernard, dit Gentil-Bernard (1708-1775). Poète licencieux, favori de Mme de Pompadour, ce qui lui valut une gloire éphémère et surfaite. Il a écrit un *Art d'aimer.*

LE POÈTE ÉLÉGIAQUE

Cependant, les élégies...

LE CHEVALIER

Poésies fugitives, monsieur. *(Bas à Mme de Blin-val :)* Et puis, *châtel* n'est pas français ; on dit *castel.*

QUELQU'UN, *au poète élégiaque.*

Une observation, monsieur. Vous dites *l'antique châtel,* pourquoi pas le *gothique ?*

LE POÈTE ÉLÉGIAQUE

Gothique ne se dit pas en vers.

LE QUELQU'UN

Ah ! c'est différent.

LE POÈTE ÉLÉGIAQUE, *poursuivant.*

Voyez-vous bien, monsieur, il faut se borner. Je ne suis pas de ceux qui veulent désorganiser le vers français, et nous ramener à l'époque des Ronsard et des Brébeuf[1]. Je suis romantique, mais modéré. C'est comme pour les émotions. Je les veux douces, rêveuses, mélancoliques, mais jamais de sang, jamais d'horreurs. Voiler les catastrophes. Je sais qu'il y a des gens, des fous, des imaginations en délire qui... Tenez, mesdames, avez-vous lu le nouveau roman ?

---

1. Allusion au *Tableau de la Poésie française au* XVIᵉ *siècle* de Sainte-Beuve.

Le Dernier Jour...

Quel roman ?

LES DAMES

Le Dernier Jour...

LE POÈTE ÉLÉGIAQUE

Assez, monsieur ! je sais ce que vous voulez dire.
Le titre seul me fait mal aux nerfs.

UN GROS MONSIEUR

Et à moi aussi. C'est un livre affreux. Je l'ai là.

MADAME DE BLINVAL

Voyons, voyons.

LES DAMES

On se passe le livre de main en main.

QUELQU'UN, *lisant.*

Le Dernier Jour d'un...

LE GROS MONSIEUR

Grâce, madame !

MADAME DE BLINVAL

En effet, c'est un livre abominable, un livre qui
donne le cauchemar, un livre qui rend malade.

UNE FEMME, *bas.*

Il faudra que je lise cela.

LE GROS MONSIEUR

Il faut convenir que les mœurs vont se dépravant de jour en jour. Mon Dieu, l'horrible idée ! développer, creuser, analyser, l'une après l'autre et sans en passer une seule, toutes les souffrances physiques, toutes les tortures morales que doit éprouver un homme condamné à mort, le jour de l'exécution ! Cela n'est-il pas atroce ? Comprenez-vous, mesdames, qu'il se soit trouvé un écrivain pour cette idée, et un public pour cet écrivain ?

LE CHEVALIER

Voilà en effet qui est souverainement impertinent.

MADAME DE BLINVAL

Qu'est-ce que c'est que l'auteur ?

LE GROS MONSIEUR

Il n'y avait pas de nom à la première édition.

LE POËTE ÉLÉGIAQUE

C'est le même qui a déjà fait deux autres romans... ma foi, j'ai oublié les titres. Le premier commence à la Morgue et finit à la Grève. À chaque chapitre, il y a un ogre qui mange un enfant.

LE GROS MONSIEUR

Vous avez lu cela, monsieur ?

LE POËTE ÉLÉGIAQUE

Oui, monsieur : la scène se passe en Islande.

LE GROS MONSIEUR

En Islande, c'est épouvantable !

LE POÈTE ÉLÉGIAQUE

Il a fait en outre des odes, des ballades, je ne sais quoi, où il y a des monstres qui ont des *corps bleus.*

LE CHEVALIER, *riant.*

Corbleu ! cela doit faire un furieux vers.

LE POÈTE ÉLÉGIAQUE

Il a publié aussi un drame, — on appelle cela un drame, — où l'on trouve ce beau vers :

Demain vingt-cinq juin mil six cent cinquante sept[1].

QUELQU'UN

Ah, ce vers !

LE POÈTE ÉLÉGIAQUE

Cela peut s'écrire en chiffres, voyez-vous, mesdames :

Demain, 25 juin 1657.

Il rit. On rit.

LE CHEVALIER

C'est une chose particulière que la poésie d'à présent.

1. C'est le premier vers de *Cromwell.*

LE GROS MONSIEUR

Ah çà ! il ne sait pas versifier, cet homme-là !
Comment donc s'appelle-t-il déjà ?

LE POÈTE ÉLÉGIAQUE

Il a un nom aussi difficile à retenir qu'à prononcer.
Il y a du goth, du wisigoth, de l'ostrogoth dedans.

Il rit.

MADAME DE BLINVAL

C'est un vilain homme.

LE GROS MONSIEUR

Un abominable homme.

UNE JEUNE FEMME

Quelqu'un qui le connaît m'a dit...

LE GROS MONSIEUR

Vous connaissez quelqu'un qui le connaît ?

LA JEUNE FEMME

Oui, et qui dit que c'est un homme doux, simple,
qui vit dans la retraite et passe ses journées à jouer
avec ses enfants.

LE POÈTE

Et ses nuits à rêver des œuvres de ténèbres.
— C'est singulier ; voilà un vers que j'ai fait tout na-
turellement. Mais c'est qu'il y est, le vers :

Et ses nuits à rêver des œuvres de ténèbres.

Avec une bonne césure. Il n'y a plus que l'autre rime à trouver. Pardieu ! *funèbres*.

MADAME DE BLINVAL

Quidquid tentabat dicere, versus erat[1].

LE GROS MONSIEUR

Vous disiez donc que l'auteur en question a des petits enfants. Impossible, madame. Quand on a fait cet ouvrage-là ! un roman atroce !

QUELQU'UN

Mais, ce roman, dans quel but l'a-t-il fait ?

LE POÈTE ÉLÉGIAQUE

Est-ce que je sais, moi ?

UN PHILOSOPHE

À ce qu'il paraît, dans le but de concourir à l'abolition de la peine de mort.

LE GROS MONSIEUR

Une horreur, vous dis-je !

LE CHEVALIER

Ah çà ! c'est donc un duel avec le bourreau ?

1. « Tout ce qu'il tentait de dire était en vers. » C'est ce qu'Ovide disait de lui-même, faisant allusion à la facilité naturelle avec laquelle il versifiait.

LE POÈTE ÉLÉGIAQUE

Il en veut terriblement à la guillotine.

UN MONSIEUR MAIGRE

Je vois cela d'ici. Des déclamations.

LE GROS MONSIEUR

Point. Il y a à peine deux pages sur ce texte de la peine de mort. Tout le reste, ce sont des sensations.

LE PHILOSOPHE

Voilà le tort. Le sujet méritait le raisonnement. Un drame, un roman ne prouve rien. Et puis, j'ai lu le livre, et il est mauvais.

LE POÈTE ÉLÉGIAQUE

Détestable ! Est-ce que c'est là de l'art ? C'est passer les bornes, c'est casser les vitres. Encore, ce criminel, si je le connaissais ? mais point. Qu'a-t-il fait ? on n'en sait rien. C'est peut-être un fort mauvais drôle. On n'a pas le droit de m'intéresser à quelqu'un que je ne connais pas.

LE GROS MONSIEUR

On n'a pas le droit de faire éprouver à son lecteur des souffrances physiques. Quand je vois des tragédies, on se tue, eh bien ! cela ne me fait rien. Mais ce roman, il vous fait dresser les cheveux sur la tête, il vous fait venir la chair de poule, il vous donne de mauvais rêves. J'ai été deux jours au lit pour l'avoir lu.

LE PHILOSOPHE

Ajoutez à cela que c'est un livre froid et compassé.

LE POÈTE

Un livre !... un livre !...

LE PHILOSOPHE

Oui. — Et comme vous disiez tout à l'heure, monsieur, ce n'est point là de véritable esthétique. Je ne m'intéresse pas à une abstraction, à une entité pure. Je ne vois point là une personnalité qui s'adéquate avec la mienne. Et puis, le style n'est ni simple ni clair. Il sent l'archaïsme. C'est bien là ce que vous disiez, n'est-ce pas ?

LE POÈTE

Sans doute, sans doute. Il ne faut pas de personnalités.

LE PHILOSOPHE

Le condamné n'est pas intéressant.

LE POÈTE

Comment intéresserait-il ? il a un crime et pas de remords. J'eusse fait tout le contraire. J'eusse conté l'histoire de mon condamné[1]. Né de parents honnêtes.

1. Allusion au chapitre XLVII. Voir à ce sujet, dans la notice, la critique de Charles Nodier, et dans la préface de 1832, l'exposé par Hugo des raisons pour lesquelles il n'a pas conté cette histoire.

Une bonne éducation. De l'amour. De la jalousie. Un crime qui n'en soit pas un. Et puis des remords, des remords, beaucoup de remords. Mais les lois humaines sont implacables : il faut qu'il meure. Et là j'aurais traité ma question de la peine de mort. À la bonne heure !

MADAME DE BLINVAL

Ah ! ah !

LE PHILOSOPHE

Pardon. Le livre, comme l'entend monsieur, ne prouverait rien. La particularité ne régit pas la généralité.

LE POËTE

Eh bien ! mieux encore ; pourquoi n'avoir pas choisi pour héros, par exemple... Malesherbes, le vertueux Malesherbes ? son dernier jour, son supplice ? Oh ! alors, beau et noble spectacle ! J'eusse pleuré, j'eusse frémi, j'eusse voulu monter sur l'échafaud avec lui.

LE PHILOSOPHE

Pas moi.

LE CHEVALIER

Ni moi. C'était un révolutionnaire, au fond, que votre M. de Malesherbes.

LE PHILOSOPHE

L'échafaud de Malesherbes ne prouve rien contre la peine de mort en général.

LE GROS MONSIEUR

La peine de mort ! à quoi bon s'occuper de cela ? Qu'est-ce que cela vous fait, la peine de mort ? Il faut que cet auteur soit bien mal né de venir nous donner le cauchemar à ce sujet avec son livre !

MADAME DE BLINVAL

Ah ! oui, un bien mauvais cœur !

LE GROS MONSIEUR

Il nous force à regarder dans les prisons, dans les bagnes, dans Bicêtre. C'est fort désagréable. On sait bien que ce sont des cloaques. Mais qu'importe à la société ?

MADAME DE BLINVAL

Ceux qui ont fait les lois n'étaient pas des enfants.

LE PHILOSOPHE

Ah ! cependant ! en présentant les choses avec vérité...

LE MONSIEUR MAIGRE

Eh ! c'est justement ce qui manque, la vérité. Que voulez-vous qu'un poëte sache sur de pareilles matiè- res ? Il faudrait être au moins procureur du roi.

Tenez : j'ai lu dans une citation qu'un journal faisait de ce livre, que le condamné ne dit rien quand on lui lit son arrêt de mort ! eh bien, moi, j'ai vu un condamné qui, dans ce moment-là, a poussé un grand cri.

— Vous voyez.

LE PHILOSOPHE

Permettez...

LE MONSIEUR MAIGRE

Tenez, messieurs, la guillotine, la Grève, c'est de mauvais goût. Et la preuve, c'est qu'il paraît que c'est un livre qui corrompt le goût, et vous rend incapable d'émotions pures, fraîches, naïves. Quand donc se lèveront les défenseurs de la saine littérature ? Je voudrais être, et mes réquisitoires m'en donneraient peut-être le droit, membre de l'académie française...

— Voilà justement monsieur Ergaste, qui en est. Que pense-t-il du *Dernier Jour d'un Condamné* ?

ERGASTE

Ma foi, monsieur, je ne l'ai lu ni ne le lirai. Je dînais hier chez Mme de Sénange, et la marquise de Morival en a parlé au duc de Melcour. On dit qu'il y a des personnalités[1] contre la magistrature, et surtout contre le président d'Alimont. L'abbé de Floricour aussi était indigné. Il paraît qu'il y a un chapitre con-

---

1. Paroles qui attaquent personnellement quelqu'un. Littré cite Voltaire : « Toutes ces personnalités, toutes ces calomnies que répandirent contre ce grand homme [Corneille] les faiseurs de brochures et de feuilles... »

tre la religion[1], et un chapitre contre la monarchie[2]. Si j'étais procureur du roi !...

LE CHEVALIER

Ah bien oui, procureur du roi ! et la charte ! et la liberté de la presse ! Cependant, un poète qui veut supprimer la peine de mort, vous conviendrez que c'est odieux. Ah ! ah ! dans l'ancien régime, quelqu'un qui se serait permis de publier un roman contre la torture !... Mais depuis la prise de la Bastille, on peut tout écrire. Les livres font un mal affreux.

LE GROS MONSIEUR

Affreux. On était tranquille, on ne pensait à rien. Il se coupait bien de temps en temps en France une tête par-ci par-là, deux tout au plus par semaine. Tout cela sans bruit, sans scandale. Ils ne disaient rien. Personne n'y songeait. Pas du tout, voilà un livre... — un livre qui vous donne un mal de tête horrible !

LE MONSIEUR MAIGRE

Le moyen qu'un juré condamne après l'avoir lu !

ERGASTE

Cela trouble les consciences.

MADAME DE BLINVAL

Ah ! les livres ! les livres ! Qui eût dit cela d'un roman ?

1. Le chapitre XXX.
2. Le chapitre XL.

LE POÈTE

Il est certain que les livres sont bien souvent un poison subversif de l'ordre social.

LE MONSIEUR MAIGRE

Sans compter la langue, que messieurs les romantiques révolutionnent aussi.

LE POÈTE

Distinguons, monsieur ; il y a romantiques et romantiques.

LE MONSIEUR MAIGRE

Le mauvais goût, le mauvais goût.

ERGASTE

Vous avez raison. Le mauvais goût.

LE MONSIEUR MAIGRE

Il n'y a rien à répondre à cela.

LE PHILOSOPHE, *appuyé au fauteuil d'une dame.*

Ils disent là des choses qu'on ne dit même plus rue Mouffetard.

ERGASTE

Ah ! l'abominable livre !

MADAME DE BLINVAL

Hé ! ne le jetez pas au feu. Il est à la loueuse.

LE CHEVALIER

Parlez-moi de notre temps. Comme tout s'est dépravé depuis, le goût et les mœurs ! Vous souvient-il de notre temps, madame de Blinval ?

MADAME DE BLINVAL

Non, monsieur, il ne m'en souvient pas.

LE CHEVALIER

Nous étions le peuple le plus doux, le plus gai, le plus spirituel. Toujours de belles fêtes, de jolis vers. C'était charmant. Y a-t-il rien de plus galant que le madrigal de M. de La Harpe[1] sur le grand bal que Mme la maréchale de Mailly[2] donna en mil sept cent... l'année de l'exécution de Damiens[3] ?

LE GROS MONSIEUR, *soupirant.*

Heureux temps ! Maintenant les mœurs sont horribles, et les livres aussi. C'est le beau vers de Boileau :

1. La Harpe (1739-1803) : a publié un *Cours de littérature ancienne et moderne.*
2. Le maréchal de Mailly fut guillotiné en 1794, à l'âge de quatre-vingt-six ans.
3. Damiens : auteur d'un attentat contre Louis XV. Il fut supplicié en 1757.

Et la chute des arts suit la décadence des mœurs [1].

LE PHILOSOPHE, *bas au poëte.*

Soupe-t-on dans cette maison ?

LE POËTE ÉLÉGIAQUE

Oui, tout à l'heure.

LE MONSIEUR MAIGRE

Maintenant on veut abolir la peine de mort, et pour cela on fait des romans cruels, immoraux et de mauvais goût, *Le Dernier Jour d'un Condamné*, que sais-je ?

LE GROS MONSIEUR

Tenez, mon cher, ne parlons plus de ce livre atroce ; et, puisque je vous rencontre, dites-moi, que faites-vous de cet homme dont nous avons rejeté le pourvoi depuis trois semaines ?

LE MONSIEUR MAIGRE

Ah ! un peu de patience ! je suis en congé ici. Laissez-moi respirer. À mon retour. Si cela tarde trop pourtant, j'écrirai à mon substitut...

UN LAQUAIS, *entrant.*

Madame est servie.

1. Le vers n'est pas de Boileau mais de Gilbert. Et, bien entendu, il compte douze pieds et non quatorze : « Et la chute des arts suit la perte des mœurs. »

LE DERNIER JOUR
D'UN CONDAMNÉ

I

Bicêtre.

Condamné à mort !

Voilà cinq semaines que j'habite avec cette pensée, toujours seul avec elle, toujours glacé de sa présence, toujours courbé sous son poids !

Autrefois, car il me semble qu'il y a plutôt des années que des semaines, j'étais un homme comme un autre homme. Chaque jour, chaque heure, chaque minute avait son idée. Mon esprit, jeune et riche, était plein de fantaisies. Il s'amusait à me les dérouler les unes après les autres, sans ordre et sans fin, brodant d'inépuisables arabesques cette rude et mince étoffe de la vie. C'étaient des jeunes filles, de splendides chapes d'évêque, des batailles gagnées, des théâtres pleins de bruit et de lumière, et puis encore des jeunes filles et de sombres promenades la nuit sous les larges bras des marronniers. C'était toujours fête dans mon imagination. Je pouvais penser à ce que je voulais, j'étais libre.

Maintenant je suis captif. Mon corps est aux fers dans un cachot, mon esprit est en prison dans une idée. Une horrible, une sanglante, une implacable idée ! Je n'ai plus qu'une pensée, qu'une conviction, qu'une certitude : condamné à mort !

Quoi que je fasse, elle est toujours là, cette pensée infernale, comme un spectre de plomb à mes côtés, seule et jalouse, chassant toute distraction, face à face avec moi misérable, et me secouant de ses deux mains de glace quand je veux détourner la tête ou fermer les yeux. Elle se glisse sous toutes les formes où mon esprit voudrait la fuir, se mêle comme un refrain horrible à toutes les paroles qu'on m'adresse, se colle avec moi aux grilles hideuses de mon cachot ; m'obsède éveillé, épie mon sommeil convulsif, et reparaît dans mes rêves sous la forme d'un couteau.

Je viens de m'éveiller en sursaut, poursuivi par elle et me disant : — Ah ! ce n'est qu'un rêve ! Hé bien ! avant même que mes yeux lourds aient eu le temps de s'entrouvrir assez pour voir cette fatale pensée écrite dans l'horrible réalité qui m'entoure, sur la dalle mouillée et suante de ma cellule, dans les rayons pâles de ma lampe de nuit, dans la trame grossière de la toile de mes vêtements, sur la sombre figure du soldat de garde dont la giberne reluit à travers la grille du cachot, il me semble que déjà une voix a murmuré à mon oreille :

— Condamné à mort !

II

C'était par une belle matinée d'août.

Il y avait trois jours que mon procès était entamé, trois jours que mon nom et mon crime ralliaient chaque matin une nuée de spectateurs, qui venaient s'abattre sur les bancs de la salle d'audience comme des corbeaux autour d'un cadavre, trois jours que toute cette fantasmagorie des juges, des témoins, des avocats, des procureurs du roi, passait et repassait devant moi, tantôt grotesque, tantôt sanglante, toujours sombre et fatale. Les deux premières nuits, d'inquiétude et de terreur, je n'en avais pu dormir ; la troisième, j'en avais dormi d'ennui et de fatigue. À minuit, j'avais laissé les jurés délibérant. On m'avait ramené sur la paille de mon cachot, et j'étais tombé sur-le-champ dans un sommeil profond, dans un sommeil d'oubli. C'étaient les premières heures de repos depuis bien des jours.

J'étais encore au plus profond de ce profond sommeil lorsqu'on vint me réveiller. Cette fois il ne suffit point du pas lourd et des souliers ferrés du guichetier, du cliquetis de son nœud de clefs, du grincement rauque des verrous ; il fallut pour me tirer de ma léthargie sa rude voix à mon oreille et sa main rude sur mon bras. — Levez-vous donc ! — J'ouvris les yeux, je me dressai effaré sur mon séant. En ce moment, par l'étroite et haute fenêtre de ma cellule, je vis au plafond du corridor voisin, seul ciel qu'il me fût donné d'entrevoir, ce reflet jaune où des yeux habitués aux ténèbres d'une prison savent si bien reconnaître le soleil. J'aime le soleil.

— Il fait beau, dis-je au guichetier.

Il resta un moment sans me répondre, comme ne sachant si cela valait la peine de dépenser une parole ; puis avec quelque effort il murmura brusquement :

— C'est possible.

Je demeurais immobile, l'esprit à demi endormi, la bouche souriante, l'œil fixé sur cette douce douce réverbération dorée qui diaprait le plafond.

— Voilà une belle journée, répétai-je.

— Oui, me répondit l'homme, on vous attend.

Ce peu de mots, comme le fil qui rompt le vol de l'insecte, me rejeta violemment dans la réalité. Je revis soudain, comme dans la lumière d'un éclair, la sombre salle des assises, le fer à cheval des juges chargé de haillons ensanglantés, les trois rangs de témoins aux faces stupides, les deux gendarmes aux deux bouts de mon banc, et les robes noires s'agiter, et les têtes de la foule fourmiller au fond dans l'ombre, et s'arrêter sur moi le regard fixe de ces douze jurés, qui avaient veillé pendant que je dormais !

Je me levai ; mes dents claquaient, mes mains tremblaient et ne savaient où trouver mes vêtements, mes jambes étaient faibles. Au premier pas que je fis, je trébuchai comme un portefaix trop chargé. Cependant je suivis le geôlier.

Les deux gendarmes m'attendaient au seuil de la cellule. On me remit les menottes. Cela avait une petite serrure compliquée qu'ils fermèrent avec soin. Je laissai faire : c'était une machine sur une machine.

Nous traversâmes une cour intérieure. L'air vif du matin me ranima. Je levai la tête. Le ciel était bleu, et les rayons chauds du soleil, découpés par les longues cheminées, traçaient de grands angles de lumière au faîte des murs hauts et sombres de la prison. Il faisait beau en effet.

Nous montâmes un escalier tournant en vis ; nous passâmes un corridor, puis un autre, puis un troisième ; puis une porte basse s'ouvrit. Un air chaud, mêlé de bruit, vint me frapper au visage ; c'était le souffle de la foule dans la salle des assises. J'entrai.

Il y eut à mon apparition une rumeur d'armes et de voix. Les banquettes se déplacèrent bruyamment. Les cloisons craquèrent ; et, pendant que je traversais la longue salle entre deux masses de peuple murées de soldats, il me semblait que j'étais le centre auquel se rattachaient les fils qui faisaient mouvoir toutes ces faces béantes et penchées.

En cet instant, je m'aperçus que j'étais sans fers ; mais je ne pus me rappeler où ni quand on me les avait ôtés.

Alors il se fit un grand silence. J'étais parvenu à ma place. Au moment où le tumulte cessa dans la foule, il cessa aussi dans mes idées. Je compris tout à coup clairement ce que je n'avais fait qu'entrevoir confusément jusqu'alors, que le moment décisif était venu, et que j'étais là pour entendre ma sentence.

L'explique qui pourra, de la manière dont cette idée me vint, elle ne me causa pas de terreur. Les fenêtres étaient ouvertes ; l'air et le bruit de la ville arrivaient librement du dehors : la salle était claire comme pour une noce ; les gais rayons du soleil traçaient çà et là la figure lumineuse des croisées, tantôt allongée sur le plancher, tantôt développée sur les tables, tantôt brisée à l'angle des murs ; et de ces losanges éclatants aux fenêtres chaque rayon découpait dans l'air un grand prisme de poussière d'or.

Les juges, au fond de la salle, avaient l'air satisfait, probablement de la joie d'avoir bientôt fini. Le visage du président, doucement éclairé par le reflet d'une vitre, avait quelque chose de calme et de bon ; et un jeune assesseur causait presque gaiement en chiffonnant son rabat avec une jolie dame en chapeau rose, placée par faveur derrière lui.

Les jurés seuls paraissaient blêmes et abattus, mais c'était apparemment de fatigue d'avoir veillé toute la nuit. Quelques-uns bâillaient. Rien, dans leur contenance, n'annonçait des hommes qui viennent de porter une sentence de mort ; et sur les figures de ces bons bourgeois je ne devinais qu'une grande envie de dormir.

En face de moi, une fenêtre était toute grande ouverte. J'entendais rire sur le quai des marchandes de fleurs ; et, au bord de la croisée, une jolie petite plante jaune, toute pénétrée d'un rayon de soleil, jouait avec le vent dans une fente de la pierre.

Comment une idée sinistre aurait-elle pu poindre parmi tant de gracieuses sensations ? Inondé d'air et de soleil, il me fut impossible de penser à autre chose qu'à la liberté ; l'espérance vint rayonner en moi comme le jour autour de moi ; et, confiant, j'attendis ma sentence comme on attend la délivrance et la vie.

Cependant mon avocat arriva. On l'attendait. Il venait de déjeuner copieusement et de bon appétit. Parvenu à sa place, il se pencha vers moi avec un sourire.

— J'espère, me dit-il.

— N'est-ce pas ? répondis-je, léger et souriant aussi.

— Oui, reprit-il ; je ne sais rien encore de leur déclaration, mais ils auront sans doute écarté la préméditation, et alors ce ne sera que les travaux forcés à perpétuité.

— Que dites-vous là, monsieur ? répliquai-je indigné ; plutôt cent fois la mort !

Oui, la mort ! — Et d'ailleurs, me répétait je ne sais quelle voix intérieure, qu'est-ce que je risque à dire cela ? A-t-on jamais prononcé sentence de mort autrement qu'à minuit, aux flambeaux, dans une salle sombre et noire, et par une froide nuit de pluie et d'hiver ? Mais au mois d'août, à huit heures du matin, un si beau jour, ces bons jurés, c'est impossible ! Et mes yeux revenaient se fixer sur la jolie fleur jaune au soleil.

Tout à coup le président, qui n'attendait que l'avocat, m'invita à me lever. La troupe porta les armes ; comme par un mouvement électrique, toute l'assemblée fut debout au même instant. Une figure insignifiante et nulle, placée à une table au-dessous du tribunal, c'était, je pense, le greffier, prit la parole, et lut le verdict que les jurés avaient prononcé en mon absence. Une sueur froide sortit de tous mes membres ; je m'appuyai au mur pour ne pas tomber.

— Avocat, avez-vous quelque chose à dire sur l'application de la peine ? demanda le président.

J'aurais eu, moi, tout à dire, mais rien ne me vint.

Ma langue resta collée à mon palais.

Le défenseur se leva.

Je compris qu'il cherchait à atténuer la déclaration du jury, et à mettre dessous, au lieu de la peine qu'elle provoquait, l'autre peine, celle que j'avais été si blessé de lui voir espérer.

Il fallut que l'indignation fût bien forte, pour se faire jour à travers les mille émotions qui se disputaient ma pensée. Je voulus répéter à haute voix ce que je lui avais déjà dit : Plutôt cent fois la mort ! Mais l'haleine me manqua, et je ne pus que l'arrêter rudement par le bras, en criant avec une force convulsive : Non !

Le procureur général combattit l'avocat, et je l'écoutai avec une satisfaction stupide. Puis les juges sortirent, puis ils rentrèrent, et le président me lut mon arrêt.

— Condamné à mort ! dit la foule ; et, tandis qu'on m'emmenait, tout ce peuple se rua sur mes pas avec le fracas d'un édifice qui se démolit. Moi, je marchais, ivre et stupéfait. Une révolution venait de se faire en moi. Jusqu'à l'arrêt de mort, je m'étais senti respirer, palpiter, vivre dans le même milieu que les autres hommes ; maintenant je distinguais clairement comme une clôture entre le monde et moi. Rien ne m'apparaissait plus sous le même aspect qu'auparavant. Ces larges fenêtres lumineuses, ce beau soleil, ce ciel pur, cette jolie fleur, tout cela était blanc et pâle, de la couleur d'un linceul. Ces hommes, ces femmes, ces enfants qui se pressaient sur mon passage, je leur trouvais des airs de fantômes.

Au bas de l'escalier, une noire et sale voiture grillée m'attendait. Au moment d'y monter, je regardai au hasard dans la place. — Un condamné à mort ! criaient les passants, en courant vers la voiture. À travers le nuage qui me semblait s'être interposé entre les choses et moi, je distinguai deux jeunes filles qui me suivaient avec des yeux avides. — Bon, dit la plus jeune en battant des mains, ce sera dans six semaines[1] !

III

Condamné à mort !

Eh bien, pourquoi non ? *Les hommes*, je me rappelle l'avoir lu dans je ne sais quel livre où il n'y avait que cela de bon, *les hommes sont tous condamnés à mort avec des sursis indéfinis*. Qu'y a-t-il donc de si changé à ma situation ?

1. Victor Hugo n'exagère en rien la cruauté de la foule se faisant une fête de l'exécution prochaine. Jean-Louis Cornuz rapporte le témoignage du peintre Charles Vuillermet : « La ville était très animée, les auberges pleines, on entendait chanter par-ci par-là ; il y avait un air de fête, presque comme pour une *abbaye de village*... De son côté le correspondant de *La Gazette de Lausanne* avoue avoir entendu çà et là des chants, mais il ajoute que ces "manifestations déplacées" étaient "en petit nombre". Ce dont on se réjouit, mais ce qui n'empêcha pas trois mégères de se précipiter sur l'échafaud aussitôt que "justice" eut été faite, des "verres en main" pour boire du sang de l'exécuté. »

Depuis l'heure où mon arrêt m'a été prononcé, combien sont morts qui s'arrangeaient pour une longue vie ! Combien m'ont devancé qui, jeunes, libres et sains, comptaient bien aller voir tel jour tomber ma tête en place de Grève ! Combien d'ici là peut-être qui marchent et respirent au grand air, entrent et sortent à leur gré, et qui me devanceront encore !

Et puis, qu'est-ce que la vie a donc de si regrettable pour moi ? En vérité, le jour sombre et le pain noir du cachot, la portion de bouillon maigre puisée au baquet des galériens, être rudoyé, moi qui suis raffiné par l'éducation, être brutalisé des guichetiers et des gardes-chiourme, ne pas voir un être humain qui me croie digne d'une parole et à qui je le rende, sans cesse tressaillir et de ce que j'ai fait et de ce qu'on me fera : voilà à peu près les seuls biens que puisse m'enlever le bourreau.

Ah ! n'importe, c'est horrible !

IV

La voiture noire me transporta ici, dans ce hideux Bicêtre.

Vu de loin, cet édifice a quelque majesté. Il se déroule à l'horizon, au front d'une colline, et à distance garde quelque chose de son ancienne splendeur, un air de château de roi. Mais à mesure que vous approchez, le palais devient masure. Les pignons dégradés blessent l'œil. Je ne sais quoi de honteux et d'appauvri salit ces royales façades ; on dirait que les murs ont une lèpre. Plus de vitres, plus de glaces aux fenêtres ; mais de massifs barreaux de fer entrecroisés, auxquels se colle çà et là quelque hâve figure d'un galérien ou d'un fou.

C'est la vie vue de près.

V

À peine arrivé, des mains de fer s'emparèrent de moi. On multiplia les précautions : point de couteau, point de fourchette pour mes repas : la *camisole de force*, une espèce de sac de toile à voilure, emprisonna mes bras ; on répondait de ma vie. Je m'étais pourvu en cassation. On pouvait avoir pour six ou sept semaines cette affaire onéreuse, et il importait de me conserver sain et sauf à la place de Grève.

Les premiers jours on me traita avec une douceur qui m'était horrible. Les égards d'un guichetier sentent l'échafaud. Par bonheur, au bout de peu de jours, l'habitude reprit le dessus ; ils me confondirent avec les autres prisonniers dans une commune brutalité, et n'eurent plus de ces distinctions inaccoutumées de politesse qui me remettaient sans cesse le bourreau sous les yeux. Ce ne fut pas la seule amélioration. Ma jeunesse, ma docilité, les soins de l'aumônier de la prison, et surtout quelques mots en latin que j'adressai au concierge, qui ne les comprit pas, m'ouvrirent la promenade une fois par semaine avec les autres détenus, et firent disparaître la camisole où j'étais paralysé. Après bien des hésitations, on m'a aussi donné de l'encre, du papier, des plumes, et une lampe de nuit.

Tous les dimanches, après la messe, on me lâche dans le préau, à l'heure de la récréation. Là, je cause avec les détenus : il le faut bien. Ils sont bonnes gens, les misérables. Ils me content leurs *tours*, ce serait à faire horreur, mais je sais qu'ils se vantent. Ils m'apprennent à parler argot[1], à *rouscailler bigorne*, comme ils disent. C'est toute une langue entée sur la langue générale comme une espèce d'excroissance hideuse, comme une verrue. Quelquefois une énergie singulière, un pittoresque effrayant : *Il y a du raisiné sur le trimar* (du sang sur le chemin), *épouser la veuve* (être pendu), comme si la corde du gibet était veuve de tous les pendus. La tête d'un voleur a deux noms : *la sorbonne*, quand elle médite, raisonne et conseille le crime : *la tronche*, quand le bourreau la coupe. Quelquefois de l'esprit de vaudeville : un *ca-chemire d'osier* (une hotte de chiffonnier), *la men-teuse* (la langue) ; et puis partout, à chaque instant, des mots bizarres, mystérieux, laids et sordides, venus on ne sait d'où : *le taule* (le bourreau), *la cône* (la mort), *la placarde* (la place des exécutions). On dirait des crapauds et des araignées. Quand on entend parler cette langue, cela fait l'effet de quelque chose de sale et de poudreux, d'une liasse de haillons que l'on se-couerait devant vous.

Du moins, ces hommes-là me plaignent, ils sont les

1. Sur l'argot chez Victor Hugo, voir page 199.

seuls. Les geôliers, les guichetiers, les porte-clefs, — je ne leur en veux pas, — causent et rient, et parlent de moi, devant moi, comme d'une chose.

VI

Je me suis dit :

— Puisque j'ai le moyen d'écrire, pourquoi ne le ferais-je pas ? Mais quoi écrire ? Pris entre quatre murailles de pierre nue et froide, sans liberté pour mes pas, sans horizon pour mes yeux, pour unique distraction machinalement occupé tout le jour à suivre la marche lente de ce carré blanchâtre que le judas de ma porte découpe vis-à-vis sur le mur sombre, et, comme je le disais tout à l'heure, seul à seul avec une idée, une idée de crime et de châtiment, de meurtre et de mort ! est-ce que je puis avoir quelque chose à dire, moi qui n'ai plus rien à faire dans ce monde ? Et que trouverai-je dans ce cerveau flétri et vide qui vaille la peine d'être écrit ?

Pourquoi non ? Si tout, autour de moi, est monotone et décoloré, n'y a-t-il pas en moi une tempête, une lutte, une tragédie ? Cette idée fixe qui me possède ne se présente-t-elle pas à moi à chaque heure, à chaque instant, sous une nouvelle forme, toujours plus hideuse et plus ensanglantée à mesure que le terme approche ? Pourquoi n'essaierai-je pas de me dire à moi-même tout ce que j'éprouve de violent et d'inconnu dans la situation abandonnée où me voilà ? Certes, la matière est riche ; et, si abrégée que soit ma vie, il y aura bien encore dans les angoisses, dans les terreurs, dans les tortures qui la rempliront, de cette heure à la dernière, de quoi user cette plume et tarir cet encrier. — D'ailleurs, ces angoisses, le seul moyen d'en moins souffrir, c'est de les observer, et les peindre m'en distraira.

Et puis, ce que j'écrirai ainsi ne sera peut-être pas inutile. Ce journal de mes souffrances, heure par heure, minute par minute, supplice par supplice, si j'ai la force de le mener jusqu'au moment où il me sera *physiquement* impossible de continuer, cette histoire, nécessairement inachevée, mais aussi complète que possible, de mes sensations, ne portera-t-elle point avec elle un grand et profond enseignement ? N'y aura-t-il pas dans ce procès-verbal de la pensée agonisante, dans cette progression toujours croissante de douleurs, dans cette espèce d'autopsie intellectuelle d'un condamné, plus d'une leçon pour ceux qui condamnent ? Peut-être cette lecture leur rendra-t-elle la main moins légère, quand il s'agira quelque autre fois de jeter une tête qui pense, une tête d'homme, dans ce qu'ils appellent la balance de la justice ? Peut-être n'ont-ils jamais réfléchi, les malheureux, à cette lente succession de tortures que renferme la formule expéditive d'un arrêt de mort ? Se sont-ils jamais seulement arrêtés à cette idée poignante que dans l'homme qu'ils retranchent il y a une intelligence, une intelligence qui avait compté sur la vie, une âme qui ne s'est point disposée pour la mort ? Non. Ils ne voient dans tout cela que la chute verticale d'un couteau triangulaire, et pensent sans doute que pour le condamné il n'y a rien avant, rien après.

Ces feuilles les détromperont. Publiées peut-être un jour, elles arrêteront quelques moments leur esprit sur les souffrances de l'esprit, car ce sont celles-là qu'ils ne soupçonnent pas. Ils sont triomphants de pouvoir tuer sans presque faire souffrir le corps. Hé ! c'est bien de cela qu'il s'agit ! Qu'est-ce que la douleur physique près de la douleur morale ! Horreur et pitié, des lois faites ainsi ! Un jour viendra, et peut-être ces mémoires, derniers confidents d'un misérable, y auront-ils contribué... —

À moins qu'après ma mort le vent ne joue dans le préau avec ces morceaux de papiers souillés de boue, ou qu'ils n'aillent pourrir à la pluie, collés en étoiles à la vitre cassée d'un guichetier.

VII

Que ce que j'écris ici puisse être un jour utile à d'autres, que cela arrête le juge prêt à juger, que cela sauve des malheureux, innocents ou coupables, de l'agonie à laquelle je suis condamné, pourquoi ? à quoi bon ? qu'importe ? Quand ma tête aura été coupée, qu'est-ce que cela me fait qu'on en coupe d'autres ? Est-ce que vraiment j'ai pu penser ces folies ? Jeter bas l'échafaud après que j'y aurai monté ! je vous demande un peu ce qui m'en reviendra.

Quoi ! le soleil, le printemps, les champs pleins de fleurs, les oiseaux qui s'éveillent le matin, les nuages, les arbres, la nature, la liberté, la vie, tout cela n'est plus à moi !

Ah ! c'est moi qu'il faudrait sauver ! Est-il bien vrai que cela ne se peut, qu'il faudra mourir demain, aujourd'hui peut-être, que cela est ainsi ? Ô Dieu ! l'horrible idée à se briser la tête au mur de son cachot !

VIII

Comptons ce qui me reste :

Trois jours de délai après l'arrêt prononcé pour le pourvoi en cassation.

Huit jours d'oubli au parquet de la cour d'assises, après quoi les *pièces*, comme ils disent, sont envoyées au ministre.

Quinze jours d'attente chez le ministre, qui ne sait seulement pas qu'elles existent, et qui cependant est supposé les transmettre, après examen, à la cour de cassation.

Là, classement, numérotage, enregistrement : car la guillotine est encombrée, et chacun ne doit passer qu'à son tour.

Quinze jours pour veiller à ce qu'il ne vous soit pas fait de passe-droit.

Enfin la cour s'assemble, d'ordinaire un jeudi, rejette vingt pourvois en masse, et renvoie le tout au ministre, qui renvoie au procureur général, qui renvoie au bourreau. Trois jours.

Le matin du quatrième jour, le substitut du procureur général se dit, en mettant sa cravate : — Il faut pourtant que cette affaire finisse. — Alors, si le substitut du greffier n'a pas quelque déjeuner d'amis qui l'en empêche, l'ordre d'exécution est minuté, rédigé, mis au net, expédié, et le lendemain dès l'aube on entend dans la place de Grève clouer une charpente, et dans les carrefours hurler à pleine voix des crieurs enroués.

En tout six semaines. La petite fille avait raison.

Or, voilà cinq semaines au moins, six peut-être, je n'ose compter, que je suis dans ce cabanon de Bicêtre, et il me semble qu'il y a trois jours c'était jeudi.

IX

Je viens de faire mon testament.

À quoi bon ? Je suis condamné aux frais, et tout ce que j'ai y suffira à peine. La guillotine, c'est fort cher.

Je laisse une mère, je laisse une femme, je laisse un enfant.

Une petite fille de trois ans, douce, rose, frêle, avec de grands yeux noirs et de longs cheveux châtains.

Elle avait deux ans et un mois quand je l'ai vue pour la dernière fois.

Ainsi, après ma mort, trois femmes, sans fils, sans mari, sans père ; trois orphelines de différente espèce ; trois veuves du fait de la loi.

J'admets que je sois justement puni ; ces innocentes, qu'ont-elles fait ? N'importe ; on les déshonore, on les ruine. C'est la justice.

Ce n'est pas que ma pauvre vieille mère m'inquiète : elle a soixante-quatre ans, elle mourra du coup. Ou si elle va quelques jours encore, pourvu que jusqu'au dernier moment elle ait un peu de cendre chaude dans sa chaufferette, elle ne dira rien.

Ma femme ne m'inquiète pas non plus ; elle est déjà d'une mauvaise santé et d'un esprit faible. Elle mourra aussi.

À moins qu'elle ne devienne folle. On dit que cela fait vivre ; mais du moins, l'intelligence ne souffre pas ; elle dort, elle est comme morte.

Mais ma fille, mon enfant, ma pauvre petite Marie, qui rit, qui joue, qui chante à cette heure et ne pense à rien, c'est celle-là qui me fait mal !

X

Voici ce que c'est que mon cachot :

Huit pieds carrés. Quatre murailles de pierre de taille qui s'appuient à angle droit sur un pavé de dalles exhaussé d'un degré au-dessus du corridor extérieur.

À droite de la porte, en entrant, une espèce d'enfoncement qui fait la dérision d'une alcôve. On y jette une botte de paille où le prisonnier est censé reposer et dormir, vêtu d'un pantalon de toile et d'une veste de coutil, hiver comme été.

Au-dessus de ma tête, en guise de ciel, une noire voûte en *ogive* — c'est ainsi que cela s'appelle — à laquelle d'épaisses toiles d'araignée pendent comme des haillons.

Du reste, pas de fenêtres, pas même de soupirail. Une porte où le fer cache le bois.

Je me trompe : au centre de la porte, vers le haut, une ouverture de neuf pouces carrés, coupée d'une grille en croix, et que le guichetier peut fermer la nuit.

Au-dehors, un assez long corridor, éclairé, aéré au moyen de soupiraux étroits au haut du mur, et divisé en compartiments de maçonnerie qui communiquent entre eux par une série de portes cintrées et basses ; chacun de ces compartiments sert en quelque sorte d'antichambre à un cachot pareil au mien. C'est dans ces cachots que l'on met les forçats condamnés par le directeur de la prison à des peines de discipline. Les trois premiers cabanons sont réservés aux condamnés à mort, parce qu'étant plus voisins de la geôle ils sont plus commodes pour le geôlier.

Ces cachots sont tout ce qui reste de l'ancien château de Bicêtre tel qu'il fut bâti dans le quinzième siècle par le cardinal de Winchester, le même qui fit brûler Jeanne d'Arc. J'ai entendu dire cela à des *cu-rieux* qui sont venus me voir l'autre jour dans ma loge, et qui me regardaient à distance comme une bête de la ménagerie. Le guichetier a eu cent sous.

J'oubliais de dire qu'il y a nuit et jour un faction-naire de garde à la porte de mon cachot, et que mes yeux ne peuvent se lever vers la lucarne carrée sans rencontrer ses deux yeux fixes toujours ouverts.

Du reste, on suppose qu'il y a de l'air et du jour dans cette boîte de pierre.

XI

Puisque le jour ne paraît pas encore, que faire de la nuit ? Il m'est venu une idée. Je me suis levé et j'ai promené ma lampe sur les quatre murs de ma cellule. Ils sont couverts d'écritures, de dessins, de figures bizarres, de noms qui se mêlent et s'effacent les uns les autres[1]. Il semble que chaque condamné ait voulu laisser trace, ici du moins. C'est du crayon, de la craie, du charbon, des lettres noires, blanches, grises, souvent de profondes entailles dans la pierre, çà et là des caractères rouillés qu'on dirait écrits avec du sang. Certes, si j'avais l'esprit plus libre, je prendrais intérêt à ce livre étrange qui se développe page à page à mes yeux sur chaque pierre de ce cachot. J'aimerais à recomposer un tout de ces fragments de pensée, épars sur la dalle ; à retrouver chaque homme sous chaque nom ; à rendre le sens et la vie à ces inscriptions mutilées, à ces phrases démembrées, à ces mots tronqués, corps sans tête comme ceux qui les ont écrits.

À la hauteur de mon chevet, il y a deux cœurs enflammés, percés d'une flèche, et au-dessus *Amour pour la vie*. Le malheureux ne prenait pas un long engagement.

À côté, une espèce de chapeau à trois cornes avec une petite figure grossièrement dessinée au-dessous, et ces mots : *Vive l'empereur ! 1824.*

---

1. C'est ce que fera à son tour Henri Calet, dans *Les Murs de Fresnes.*

Encore des cœurs enflammés, avec cette inscription, caractéristique dans une prison : *J'aime et j'adore Mathieu Danvin*. JACQUES.

Sur le mur opposé on lit ce nom : *Papavoine*[1]. Le P majuscule est brodé d'arabesques et enjolivé avec soin.

Un couplet d'une chanson obscène.

Un bonnet de liberté sculpté assez profondément dans la pierre, avec ceci dessous : — *Bories. — La République*. C'était un des quatre sous-officiers de la Rochelle[2]. Pauvre jeune homme ! Que leurs prétendues nécessités politiques sont hideuses ! pour une idée, pour une rêverie, pour une abstraction, cette horrible réalité qu'on appelle la guillotine ! Et moi qui me plaignais, moi, misérable qui ai commis un véritable crime, qui ai versé du sang !

Je n'irai pas plus loin dans ma recherche. — Je viens de voir, crayonnée en blanc au coin du mur, une image épouvantable, la figure de cet échafaud qui, à l'heure qu'il est, se dresse peut-être pour moi. — La lampe a failli me tomber des mains.

---

1. Papavoine : tua à coups de couteau deux petits garçons de cinq et six ans, qui jouaient près de leur mère au bois de Vincennes. Guillotiné le 25 mars 1825.
2. Bories : âgé de vingt-sept ans, il se trouvait placé à la tête du complot de La Rochelle (tentative d'insurrection de la Charbonnerie), il fut exécuté, ainsi que trois de ses camarades (Goubin, Pommier et Raoulx) le 21 septembre 1822.

XII

Je suis revenu m'asseoir précipitamment sur ma paille, puis la tête dans les genoux. Puis mon effroi d'enfant s'est dissipé, et une étrange curiosité m'a repris de continuer la lecture de mon mur.

À côté du nom de Papavoine j'ai arraché une énorme toile d'araignée, tout épaissie par la poussière et tendue à l'angle de la muraille. Sous cette toile il y avait quatre ou cinq noms parfaitement lisibles, parmi d'autres dont il ne reste rien qu'une tache sur le mur. —DAUTUN, 1815. — CASTAING, 1823[1]. J'ai lu ces noms, et de lugubres souvenirs me sont venus : Dautun, celui qui a coupé son frère en quartiers, et qui allait la nuit dans Paris jetant la tête dans une fontaine et le tronc dans un égout ; Poulain, celui qui a assassiné sa femme ; Jean Martin, celui qui a tiré un coup de pistolet à son père au moment où le vieillard ouvrait une fenêtre ; Castaing, ce médecin qui a empoisonné

1. Charles Dautun : trente-cinq ans ; accusé d'avoir tué sa tante, puis son frère, dont il dispersa le corps en différents endroits de Paris. Il fut condamné à mort le 25 février 1815.

Louis Poulain : avait tiré, sans l'atteindre, deux coups de feu sur sa femme à laquelle il reprochait son inconduite. Il fut décapité le 2 août 1817. Il était âgé de trente-neuf ans.

Pierre-Louis Martin : ses parents l'avaient chassé. Il vint autour de la maison et tira un coup de pistolet en direction de son père, « pour l'effrayer ». Personne ne fut touché. Il fut exécuté le 6 décembre 1820. Il avait six enfants.

Castaing : exécuté le 6 décembre 1823 pour avoir tué son ami Auguste Ballet et le frère de ce dernier.

son ami, et qui, le soignant dans cette dernière maladie qu'il lui avait faite, au lieu de remède lui redonnait du poison ; et auprès de ceux-là, Papavoine, l'horrible fou qui tuait les enfants à coups de couteau sur la tête !

Voilà, me disais-je, et un frisson de fièvre me montait dans les reins, voilà quels ont été avant moi les hôtes de cette cellule. C'est ici, sur la même dalle où je suis, qu'ils ont pensé leurs dernières pensées, ces hommes de meurtre et de sang ! c'est autour de ce mur, dans ce carré étroit, que leurs derniers pas ont tourné comme ceux d'une bête fauve. Ils se sont succédé à de courts intervalles ; il paraît que ce cachot ne désemplit pas. Ils ont laissé la place chaude, et c'est à moi qu'ils l'ont laissée. J'irai à mon tour les rejoindre au cimetière de Clamart, où l'herbe pousse si bien !

Je ne suis ni visionnaire, ni superstitieux. Il est probable que ces idées me donnaient un accès de fièvre ; mais pendant que je rêvais ainsi, il m'a semblé tout à coup que ces noms fatals étaient écrits avec du feu sur le mur noir ; un tintement de plus en plus précipité a éclaté dans mes oreilles ; une lueur rousse a rempli mes yeux ; et puis il m'a paru que le cachot était plein d'hommes, d'hommes étranges qui portaient leur tête dans leur main gauche, et la portaient par la bouche, parce qu'il n'y avait pas de chevelure. Tous me montraient le poing, excepté le parricide.

J'ai fermé les yeux avec horreur, alors j'ai tout vu plus distinctement.

Rêve, vision ou réalité, je serais devenu fou, si une impression brusque ne m'eût réveillé à temps. J'étais près de tomber à la renverse lorsque j'ai senti se traîner sur mon pied nu un ventre froid et des pattes velues ; c'était l'araignée que j'avais dérangée et qui s'enfuyait.

Cela m'a dépossédé. — Ô les épouvantables spectres ! — Non, c'était une fumée, une imagination de mon cerveau vide et convulsif. Chimère à la Macbeth ! Les morts sont morts ; ceux-là surtout. Ils sont bien cadenassés dans le sépulcre. Ce n'est pas là une prison dont on s'évade. Comment se fait-il donc que j'aie eu peur ainsi ?

La porte du tombeau ne s'ouvre pas en dedans.

XIII

J'ai vu, ces jours passés, une chose hideuse.

Il était à peine jour, et la prison était pleine de bruit. On entendait ouvrir et fermer les lourdes portes, grincer les verrous et les cadenas de fer, carillonner les trousseaux de clefs entrechoqués à la ceinture des geôliers, trembler les escaliers du haut en bas sous des pas précipités, et des voix s'appeler et se répondre des deux bouts des longs corridors. Mes voisins de cachot, les forçats en punition, étaient plus gais qu'à l'ordinaire. Tout Bicêtre semblait rire, chanter, courir, danser.

Moi, seul muet dans ce vacarme, seul immobile dans ce tumulte, étonné et attentif, j'écoutais.

Un geôlier passa.

Je me hasardai à l'appeler et à lui demander si c'était fête dans la prison.

— Fête si l'on veut ! me répondit-il. C'est aujourd'hui qu'on ferre les forçats qui doivent partir demain pour Toulon. Voulez-vous voir, cela vous amusera.

C'était en effet, pour un reclus solitaire, une bonne fortune qu'un spectacle, si odieux qu'il fût. J'acceptai l'amusement.

Le guichetier prit les précautions d'usage pour s'assurer de moi, puis me conduisit dans une petite cellule vide, et absolument démeublée, qui avait une fenêtre grillée, mais une véritable fenêtre à hauteur d'appui, et à travers laquelle on apercevait réellement le ciel.

— Tenez, me dit-il, d'ici vous verrez et vous entendrez. Vous serez seul dans votre loge comme le roi.

Puis il sortit et referma sur moi serrures, cadenas et verrous.

La fenêtre donnait sur une cour carrée assez vaste, et autour de laquelle s'élevait des quatre côtés, comme une muraille, un grand bâtiment de pierre de taille à six étages. Rien de plus dégradé, de plus nu, de plus misérable à l'œil que cette quadruple façade percée d'une multitude de fenêtres grillées auxquelles se tenaient collés, du bas en haut, une foule de visages maigres et blêmes, pressés les uns au-dessus des autres, comme les pierres d'un mur, et tous pour ainsi dire encadrés dans les entrecroisements des barreaux de fer. C'étaient les prisonniers, spectateurs de la cérémonie en attendant leur jour d'être acteurs. On eût dit des âmes en peine aux soupiraux du purgatoire qui donnent sur l'enfer.

Tous regardaient en silence la cour vide encore. Ils attendaient. Parmi ces figures éteintes et mornes, çà et là brillaient quelques yeux perçants et vifs comme des points de feu.

Le carré de prisons qui enveloppe la cour ne se referme pas sur lui-même. Un des quatre pans de l'édifice (celui qui regarde le levant) est coupé vers son milieu, et ne se rattache au pan voisin que par une grille de fer. Cette grille s'ouvre sur une seconde cour, plus petite que la première et, comme elle, bloquée de murs et de pignons noirâtres.

Tout autour de la cour principale, des bancs de pierre s'adossent à la muraille. Au milieu se dresse une tige de fer courbée, destinée à porter une lanterne.

Midi sonna. Une grande porte cochère, cachée sous un enfoncement, s'ouvrit brusquement. Une charrette, escortée d'espèces de soldats sales et honteux, en uniformes bleus, à épaulettes rouges et à bandoulières jaunes, entra lourdement dans la cour avec un bruit de ferraille. C'était la chiourme et les chaînes.

Au même instant, comme si ce bruit réveillait tout le bruit de la prison, les spectateurs des fenêtres, jusqu'alors silencieux et immobiles, éclatèrent en cris de joie, en chansons, en menaces, en imprécations mêlées d'éclats de rire poignants à entendre. On eût cru voir des masques de démons. Sur chaque visage parut une grimace, tous les poings sortirent des barreaux, toutes les voix hurlèrent, tous les yeux flamboyèrent, et je fus épouvanté de voir tant d'étincelles reparaître dans cette cendre.

Cependant les argousins, parmi lesquels on distinguait, à leurs vêtements propres et à leur effroi, quelques curieux venus de Paris, les argousins se mirent tranquillement à leur besogne. L'un d'eux monta sur la charrette, et jeta à ses camarades les chaînes, les colliers de voyage, et les liasses de pantalons de toile. Alors ils se dépecèrent le travail ; les uns allèrent étendre dans un coin de la cour les longues chaînes qu'ils nommaient dans leur argot *les ficelles* : les autres déployèrent sur le pavé *les taffetas*, les chemises et les pantalons ; tandis que les plus sagaces examinaient un à un, sous l'œil de leur capitaine, petit vieillard trapu, les carcans de fer, qu'ils éprouvaient ensuite en les faisant étinceler sur le pavé. Le tout aux acclamations railleuses des prisonniers, dont la voix n'était dominée que par les rires bruyants des forçats pour qui cela se préparait, et qu'on voyait relégués aux croisées de la vieille prison qui donne sur la petite cour.

Quand ces apprêts furent terminés, un monsieur brodé en argent, qu'on appelait *monsieur l'inspecteur*, donna un ordre au *directeur* de la prison ; et un moment après, voilà que deux ou trois portes basses vomirent presque en même temps, et comme par bouffées, dans la cour, des nuées d'hommes hideux, hurlants et déguenillés. C'étaient les forçats.

À leur entrée, redoublement de joie aux fenêtres. Quelques-uns d'entre eux, les grands noms du bagne, furent salués d'acclamations et d'applaudissements qu'ils recevaient avec une sorte de modestie fière. La plupart avaient des espèces de chapeaux tressés de leurs propres mains avec la paille du cachot, et toujours d'une forme étrange, afin que dans les villes où l'on passerait le chapeau fit remarquer la tête. Ceux-là étaient plus applaudis encore. Un, surtout, excita des transports d'enthousiasme : un jeune homme de dix-sept ans, qui avait un visage de jeune fille. Il sortait du cachot, où il était au secret depuis huit jours ; de sa botte de paille il s'était fait un vêtement qui l'enveloppait de la tête aux pieds, et il entra dans la cour en faisant la roue sur lui-même avec l'agilité d'un serpent. C'était un baladin condamné pour vol. Il y eut une rage de battements de mains et de cris de joie. Les galériens y répondaient, et c'était une chose effrayante que cet échange de gaietés entre les forçats en titre et les forçats aspirants. La société avait beau être là, représentée par les geôliers et les curieux épouvantés, le crime la narguait en face, et de ce châtiment horrible faisait une fête de famille.

À mesure qu'ils arrivaient, on les poussait, entre deux haies de gardes-chiourme, dans la petite cour grillée, où la visite des médecins les attendait. C'est là que tous tentaient un dernier effort pour éviter le voyage, alléguant quelque excuse de santé, les yeux malades, la jambe boiteuse, la main mutilée. Mais presque toujours on les trouvait bons pour le bagne ; et alors chacun se résignait avec insouciance, oubliant en peu de minutes sa prétendue infirmité de toute la vie.

La grille de la petite cour se rouvrit. Un gardien fit l'appel par ordre alphabétique ; et alors ils sortirent un à un, et chaque forçat s'alla ranger debout dans un coin de la grande cour, près d'un compagnon donné par le hasard de sa lettre initiale. Ainsi chacun se voit réduit à lui-même ; chacun porte sa chaîne pour soi, côte à côte avec un inconnu ; et si par hasard un forçat a un ami, la chaîne l'en sépare. Dernière des misères !

Quand il y en eut à peu près une trentaine de sortis, on referma la grille. Un argousin les aligna avec son bâton, jeta devant chacun d'eux une chemise, une veste et un pantalon de grosse toile, puis fit un signe, et tous commencèrent à se déshabiller. Un incident inattendu vint, comme à point nommé, changer cette humiliation en torture.

Jusqu'alors le temps avait été assez beau, et, si la bise d'octobre refroidissait l'air, de temps en temps aussi elle ouvrait çà et là dans les brumes grises du ciel une crevasse par où tombait un rayon de soleil. Mais à peine les forçats se furent-ils dépouillés de leurs haillons de prison, au moment où ils s'offraient nus et debout à la visite soupçonneuse des gardiens, et aux regards curieux des étrangers qui tournaient autour d'eux pour examiner leurs épaules, le ciel devint noir, une froide averse d'automne éclata brusquement, et se déchargea à torrents dans la cour carrée, sur les têtes découvertes, sur les membres nus des galériens, sur leurs misérables sayons étalés sur le pavé.

En un clin d'œil le préau se vida de tout ce qui n'était pas argousin ou galérien. Les curieux de Paris allèrent s'abriter sous les auvents des portes.

Cependant la pluie tombait à flots. On ne voyait plus dans la cour que les forçats nus et ruisselants sur le pavé noyé. Un silence morne avait succédé à leurs bruyantes bravades. Ils grelottaient, leurs dents claquaient ; leurs jambes maigries, leurs genoux noueux s'entrechoquaient : et c'était pitié de les voir appliquer sur leurs membres bleus ces chemises trempées, ces vestes, ces pantalons dégouttants de pluie. La nudité eût été meilleure.

Un seul, un vieux, avait conservé quelque gaieté. Il s'écria, en s'essuyant avec sa chemise mouillée, que *cela n'était pas dans le programme* ; puis se prit à rire en montrant le poing au ciel.

Quand ils eurent revêtu les habits de route, on les mena par bandes de vingt ou trente à l'autre coin du préau, où les cordons allongés à terre les attendaient. Ces cordons sont de longues et fortes chaînes coupées transversalement de deux en deux pieds par d'autres chaînes plus courtes, à l'extrémité desquelles se rattache un carcan carré, qui s'ouvre au moyen d'une charnière pratiquée à l'un des angles et se ferme à l'angle opposé par un boulon de fer, rivé pour tout le voyage sur le cou du galérien. Quand ces cordons sont développés à terre, ils figurent assez bien la grande arête d'un poisson.

On fit asseoir les galériens dans la boue, sur les pavés inondés ; on leur essaya les colliers ; puis deux forgerons de la chiourme, armés d'enclumes portatives, les leur rivèrent à froid à grands coups de masses de fer. C'est un moment affreux, où les plus hardis pâlissent. Chaque coup de marteau, asséné sur l'enclume appuyée à leur dos, fait rebondir le menton du patient : le moindre mouvement d'avant en arrière lui ferait sauter le crâne comme une coquille de noix.

Après cette opération, ils devinrent sombres. On n'entendait plus que le grelottement des chaînes, et par intervalles un cri et le bruit sourd du bâton des gardes-chiourme sur les membres des récalcitrants. Il y en eut qui pleurèrent : les vieux frissonnaient et se mordaient les lèvres. Je regardai avec terreur tous ces profils sinistres dans leurs cadres de fer.

Ainsi, après la visite des médecins, la visite des geôliers ; après la visite des geôliers, le ferrage. Trois actes à ce spectacle.

Un rayon de soleil reparut. On eût dit qu'il mettait le feu à tous ces cerveaux. Les forçats se levèrent à la fois, comme par un mouvement convulsif. Les cinq cordons se rattachèrent par les mains, et tout à coup se formèrent en ronde immense autour de la branche de la lanterne. Ils tournaient à fatiguer les yeux. Ils chantaient une chanson du bagne, une romance d'argot, sur un air tantôt plaintif, tantôt furieux et gai ; on entendait par intervalles des cris grêles, des éclats de rire déchirés et haletants se mêler aux mystérieuses paroles ; puis des acclamations furibondes ; et les chaînes qui s'entrechoquaient en cadence servaient d'orchestre à ce chant plus rauque que leur bruit. Si je cherchais une image du sabbat, je ne la voudrais ni meilleure ni pire.

On apporta dans le préau un large baquet. Les gardes-chiourme rompirent la danse des forçats à coups de bâton, et les conduisirent à ce baquet, dans lequel on voyait nager je ne sais quelles herbes dans je ne sais quel liquide fumant et sale. Ils mangèrent.

Puis, ayant mangé, ils jetèrent sur le pavé ce qui

restait de leur soupe et de leur pain bis, et se remirent à danser et à chanter. Il paraît qu'on leur laisse cette liberté le jour du ferrage et la nuit qui le suit.

J'observais ce spectacle étrange avec une curiosité si avide, si palpitante, si attentive, que je m'étais oublié moi-même. Un profond sentiment de pitié me remuait jusqu'aux entrailles, et leurs rires me faisaient pleurer.

Tout à coup, à travers la rêverie profonde où j'étais tombé, je vis la ronde hurlante s'arrêter et se taire. Puis tous les yeux se tournèrent vers la fenêtre que j'occupais. — Le condamné ! le condamné ! crièrent-ils tous en me montrant du doigt ; et les explosions de joie redoublèrent.

Je restai pétrifié.

J'ignore d'où ils me connaissaient et comment ils m'avaient reconnu.

— Bonjour ! bonsoir ! me crièrent-ils avec leur ricanement atroce. Un des plus jeunes, condamné aux galères perpétuelles, face luisante et plombée, me regarda d'un air d'envie en disant : — Il est heureux ! il sera *rogné* ! Adieu, camarade !

Je ne puis dire ce qui se passait en moi. J'étais leur camarade en effet. La Grève est sœur de Toulon. J'étais même placé plus bas qu'eux : ils me faisaient honneur. Je frissonnai.

Oui, leur camarade ! Et quelques jours plus tard, j'aurais pu aussi, moi, être un spectacle pour eux.

J'étais demeuré à la fenêtre, immobile, perclus, paralysé. Mais quand je vis les cinq cordons s'avancer, se ruer vers moi avec des paroles d'une infernale cordialité ; quand j'entendis le tumultueux fracas de leurs chaînes, de leurs clameurs, de leurs pas, au pied du mur, il me sembla que cette nuée de démons escaladait ma misérable cellule ; je poussai un cri, je me jetai sur la porte d'une violence à la briser ; mais pas moyen de fuir. Les verrous étaient tirés en dehors. Je heurtai, j'appelai avec rage. Puis il me sembla entendre de plus près encore les effrayantes voix des forçats. Je crus voir leurs têtes hideuses paraître déjà au bord de ma fenêtre, je poussai un second cri d'angoisse, et je tombai évanoui.

XIV

Quand je revins à moi, il était nuit. J'étais couché dans un grabat ; une lanterne qui vacillait au plafond me fit voir d'autres grabats alignés des deux côtés du mien. Je compris qu'on m'avait transporté à l'infirmerie.

Je restai quelques instants éveillé, mais sans pensée et sans souvenir, tout entier au bonheur d'être dans un lit. Certes, en d'autres temps, ce lit d'hôpital et de prison m'eût fait reculer de dégoût et de pitié ; mais je n'étais plus le même homme. Les draps étaient gris et rudes au toucher, la couverture maigre et trouée ; on sentait la paillasse à travers le matelas ; qu'importe ! mes membres pouvaient se déroidir à l'aise entre ces draps grossiers ; sous cette couverture, si mince qu'elle fût, je sentais se dissiper peu à peu cet horrible froid de la moelle des os dont j'avais pris l'habitude. — Je me rendormis.

Un grand bruit me réveilla ; il faisait petit jour. Ce bruit venait du dehors ; mon lit était à côté de la fenêtre, je me levai sur mon séant pour voir ce que c'était.

La fenêtre donnait sur la grande cour de Bicêtre. Cette cour était pleine de monde ; deux haies de vétérans avaient peine à maintenir libre, au milieu de cette foule, un étroit chemin qui traversait la cour. Entre ce double rang de soldats cheminaient lentement, cahotées à chaque pavé, cinq longues charrettes chargées d'hommes ; c'étaient les forçats qui partaient.

Ces charrettes étaient découvertes. Chaque cordon en occupait une. Les forçats étaient assis de côté sur chacun des bords, adossés les uns aux autres, séparés par la chaîne commune, qui se développait dans la longueur du chariot, et sur l'extrémité de laquelle un argousin debout, fusil chargé, tenait le pied. On entendait bruire leurs fers, et, à chaque secousse de la voiture, on voyait sauter leurs têtes et ballotter leurs jambes pendantes.

Une pluie fine et pénétrante glaçait l'air, et collait sur leurs genoux leurs pantalons de toile, de gris devenus noirs. Leurs longues barbes, leurs cheveux courts, ruisselaient ; leurs visages étaient violets ; on les voyait grelotter, et leurs dents grinçaient de rage et de froid. Du reste, pas de mouvements possibles. Une fois rivé à cette chaîne, on n'est plus qu'une fraction de ce tout hideux qu'on appelle le cordon, et qui se meut comme un seul homme. L'intelligence doit abdiquer, le carcan du bagne la condamne à mort ; et quant à l'animal lui-même, il ne doit plus avoir de besoins et d'appétits qu'à heures fixes. Ainsi, immobiles, la plupart demi-nus, têtes découvertes et pieds pendants, ils commençaient leur voyage de vingt-cinq jours, chargés sur les mêmes charrettes, vêtus des mêmes vêtements pour le soleil à plomb de juillet et pour les froides pluies de novembre. On dirait que les hommes veulent mettre le ciel de moitié dans leur office de bourreaux.

Il s'était établi entre la foule et les charrettes je ne sais quel horrible dialogue : injures d'un côté, bravades de l'autre, imprécations des deux parts ; mais, à un signe du capitaine, je vis les coups de bâton pleuvoir au hasard dans les charrettes, sur les épaules ou sur les têtes, et tout rentra dans cette espèce de calme extérieur qu'on appelle l'*ordre*. Mais les yeux étaient pleins de vengeance, et les poings des misérables se crispaient sur leurs genoux.

Les cinq charrettes, escortées de gendarmes à cheval et d'argousins à pied, disparurent successivement sous la haute porte cintrée de Bicêtre ; une sixième les suivit, dans laquelle ballottaient pêle-mêle les chaudières, les gamelles de cuivre et les chaînes de rechange. Quelques gardes-chiourme qui s'étaient attardés à la cantine sortirent en courant pour rejoindre leur escouade. La foule s'écoula. Tout ce spectacle s'évanouit comme une fantasmagorie. On entendit s'affaiblir par degrés dans l'air le bruit lourd des roues et des pieds des chevaux sur la route pavée de Fontainebleau, le claquement des fouets, le cliquetis des chaînes, et les hurlements du peuple qui souhaitait malheur au voyage des galériens.

Et c'est là pour eux le commencement !

Que me disait-il donc, l'avocat ? Les galères ! Ah ! oui, plutôt mille fois la mort ! plutôt l'échafaud que le bagne, plutôt le néant que l'enfer ; plutôt livrer mon cou au couteau de Guillotin qu'au carcan de la chiourme ! Les galères, juste ciel !

Malheureusement je n'étais pas malade. Le lendemain il fallut sortir de l'infirmerie. Le cachot me reprit.

Pas malade ! en effet, je suis jeune, sain et fort. Le sang coule librement dans mes veines ; tous mes membres obéissent à tous mes caprices ; je suis robuste de corps et d'esprit, constitué pour une longue vie ; oui, tout cela est vrai ; et cependant j'ai une maladie, une maladie mortelle, une maladie faite de la main des hommes.

Depuis que je suis sorti de l'infirmerie, il m'est venu une idée poignante, une idée à me rendre fou, c'est que j'aurais peut-être pu m'évader si l'on m'y avait laissé. Ces médecins, ces sœurs de charité, semblaient prendre intérêt à moi. Mourir si jeune et d'une telle mort ! On eût dit qu'ils me plaignaient, tant ils étaient empressés autour de mon chevet. Bah ! curiosité ! Et puis, ces gens qui guérissent vous guérissent bien d'une fièvre, mais non d'une sentence de mort. Et pourtant cela leur serait si facile ! une porte ouverte ! Qu'est-ce que cela leur ferait ?

XV

Plus de chance maintenant ! mon pourvoi sera rejeté, parce que tout est en règle ; les témoins ont bien témoigné, les plaideurs ont bien plaidé, les juges ont bien jugé. Je n'y compte pas, à moins que... Non, folie ! plus d'espérance ! Le pourvoi, c'est une corde qui vous tient suspendu au-dessus de l'abîme, et qu'on entend craquer à chaque instant, jusqu'à ce qu'elle se casse. C'est comme si le couteau de la guillotine mettait six semaines à tomber.

Si j'avais ma grâce ? — Avoir ma grâce ! Et par qui ? et pourquoi ? et comment ? Il est impossible qu'on me fasse grâce. L'exemple ! comme ils disent.

Je n'ai plus que trois pas à faire : Bicêtre, la Conciergerie, la Grève.

XVI

Pendant le peu d'heures que j'ai passées à l'infirmerie, je m'étais assis près d'une fenêtre, au soleil, — il avait reparu — ou du moins recevant du soleil tout ce que les grilles de la croisée m'en laissaient.

J'étais là, ma tête pesante et embrasée dans mes deux mains, qui en avaient plus qu'elles n'en pouvaient porter, mes coudes sur mes genoux, les pieds sur les barreaux de ma chaise, car l'abattement fait que je me courbe et me replie sur moi-même comme si je n'avais plus ni os dans les membres ni muscles dans la chair.

L'odeur étouffée de la prison me suffoquait plus que jamais, j'avais encore dans l'oreille tout ce bruit de chaînes des galériens, j'éprouvais une grande lassitude de Bicêtre. Il me semblait que le bon Dieu devrait bien avoir pitié de moi et m'envoyer au moins un petit oiseau pour chanter là, en face, au bord du toit.

Je ne sais si ce fut le bon Dieu ou le démon qui m'exauça ; mais presque au même moment j'entendis s'élever sous ma fenêtre une voix, non celle d'un oiseau, mais bien mieux : la voix pure, fraîche, veloutée d'une jeune fille de quinze ans. Je levai la tête comme en sursaut, j'écoutai avidement la chanson qu'elle chantait. C'était un air lent et langoureux, une espèce de roucoulement triste et lamentable ; voici les paroles :

C'est dans la rue du Mail
Où j'ai été coltigé,
  Maluré,
Par trois coquins de railles,
  Lirlonfa malurette,
Sur mes sique' ont foncé,
  Lirlonfa maluré.

Je ne saurais dire combien fut amer mon désappointement. La voix continua :

Sur mes sique' ont foncé,
  Maluré.
Ils m'ont mis la tartouve,
  Lirlonfa malurette,
Grand Meudon est aboule,
  Lirlonfa maluré.
Dans mon trimin rencontre
  Lirlonfa malurette,

Un peigre du quartier,
Lirlonfa maluré.

Un peigre du quartier.
Maluré.

— Va-t'en dire à ma largue,
Lirlonfa malurette,
Que je suis enfourraillé,
Lirlonfa maluré.

Ma largue tout en colère,
Lirlonfa malurette,
M'dit : Qu'as-tu donc morfillé ?
Lirlonfa maluré.

M'dit : Qu'as-tu donc morfillé ?
Maluré.

— J'ai fait suer un chêne,
Lirlonfa malurette,
Son auberg j'ai enganté,
Lirlonfa maluré,
Son auberg et sa toquante,
Lirlonfa malurette,
Et ses attach's de cés,
Lirlonfa maluré.

Et ses attach's de cés,
Maluré.

Ma largu' part pour Versailles,
Lirlonfa malurette,
Aux pieds d'sa majesté,
Lirlonfa maluré.

Elle lui fonce un babillard,
Lirlonfa malurette,
Pour m'faire défourrailler,
Lirlonfa maluré.

Pour m' faire défourrailler,

    Maluré.

— Ah ! si j'en défourraille,

    Lirlonfa malurette,

Ma largue j'entiferai,

    Lirlonfa maluré,

J'li ferai porter fontange,

    Lirlonfa malurette,

Et souliers galuchés,

    Lirlonfa maluré.

Et souliers galuchés,

    Maluré.

Mais grand dabe qui s'fâche,

    Lirlonfa malurette,

Dit : — Par mon caloquet,

    Lirlonfa maluré,

J'li ferai danser une danse,

    Lirlonfa malurette,

Où il n'y a pas de plancher,

    Lirlonfa maluré[1]. —

Je n'en ai pas entendu et n'aurais pu en entendre davantage. Le sens à demi compris et à demi caché de cette horrible complainte, cette lutte du brigand avec le guet, ce voleur qu'il rencontre et qu'il dépêche à sa femme, cet épouvantable message : J'ai assassiné un homme et je suis arrêté, *j'ai fait suer un chêne et je suis enfourraillé* ; cette femme qui court à Versailles avec un placet, et cette *Majesté* qui s'indigne et menace le coupable de lui faire danser *la*

1. Voir à la fin du texte la note de Victor Hugo et le « fac-similé » de la chanson p. 141-142.

danse où il n'y a pas de plancher ; et tout cela chanté sur l'air le plus doux et par la plus douce voix qui ait jamais endormi l'oreille humaine !... J'en suis resté navré, glacé, anéanti. C'était une chose repoussante que toutes ces monstrueuses paroles sortant de cette bouche vermeille et fraîche. On eût dit la bave d'une limace sur une rose.

Je ne saurais rendre ce que j'éprouvais ; j'étais à la fois blessé et caressé. Le patois de la caverne et du bagne, cette langue ensanglantée et grotesque, ce hideux argot marié à une voix de jeune fille, gracieuse transition de la voix d'enfant à la voix de femme ! tous ces mots difformes et mal faits, chantés, cadencés, perlés.

Ah ! qu'une prison est quelque chose d'infâme ! il y a un venin qui y salit tout. Tout s'y flétrit, même la chanson d'une fille de quinze ans ! Vous y trouvez un oiseau, il a de la boue sur son aile ; vous cueillez une jolie fleur, vous la respirez : elle pue.

XVII

Oh ! si je m'évadais, comme je courrais à travers champs !

Non, il ne faudrait pas courir. Cela fait regarder et soupçonner. Au contraire, marcher lentement, tête levée, en chantant. Tâcher d'avoir quelque vieux sarrau bleu à dessins rouges. Cela déguise bien. Tous les maraîchers des environs en portent.

Je sais auprès d'Arcueil un fourré d'arbres à côté

d'un marais, où, étant au collège, je venais avec mes camarades pêcher des grenouilles tous les jeudis. C'est là que je me cacherais jusqu'au soir.

La nuit tombée, je reprendrais ma course. J'irais à Vincennes. Non, la rivière m'empêcherait. J'irais à Arpajon. — Il aurait mieux valu prendre du côté de Saint-Germain, et aller au Havre, et m'embarquer pour l'Angleterre. — N'importe ! j'arrive à Longjumeau. Un gendarme passe ; il me demande mon passeport... Je suis perdu !

Ah ! malheureux rêveur, brise donc d'abord le mur épais de trois pieds qui t'emprisonne ! La mort ! la mort !

Quand je pense que je suis venu tout enfant, ici, à Bicêtre, voir le grand puits et les fous !

XVIII

Pendant que j'écrivais tout ceci, la lampe a pâli, le jour est venu, l'horloge de la chapelle a sonné six heures.

Qu'est-ce que cela veut dire ? Le guichetier de garde vient d'entrer dans mon cachot, il a ôté sa casquette, m'a salué, s'est excusé de me déranger, et m'a demandé, en adoucissant de son mieux sa rude voix, ce que je désirais à déjeuner ?...

Il m'a pris un frisson. — Est-ce que ce serait pour aujourd'hui ?

XIX

C'est pour aujourd'hui !

Le directeur de la prison lui-même vient de me rendre visite. Il m'a demandé en quoi il pourrait m'être agréable ou utile, a exprimé le désir que je n'eusse pas à me plaindre de lui ou de ses subordonnés, s'est informé avec intérêt de ma santé et de la façon dont j'avais passé la nuit ; en me quittant, il m'a appelé *monsieur !*

C'est pour aujourd'hui !

XX

Il ne croit pas, ce geôlier, que j'aie à me plaindre de lui et de ses sous-geôliers. Il a raison. Ce serait mal à moi de me plaindre ; ils ont fait leur métier, ils m'ont bien gardé ; et puis ils ont été polis à l'arrivée et au départ. Ne dois-je pas être content ?

Ce bon geôlier, avec son sourire bénin, ses paroles caressantes, son œil qui flatte et qui espionne, ses grosses et larges mains, c'est la prison incarnée, c'est Bicêtre qui s'est fait homme. Tout est prison autour de moi ; je retrouve la prison sous toutes les formes, sous la forme humaine comme sous la forme de grille ou de verrou. Ce mur, c'est de la prison en pierre ; cette porte, c'est de la prison en bois ; ces guichetiers, c'est de la prison en chair et en os. La prison est une espèce d'être horrible, complet, indivisible, moitié maison, moitié homme. Je suis sa proie ; elle me couve, elle m'enlace de tous ses replis. Elle m'enferme dans ses murailles de granit, me cadenasse sous ses serrures de fer, et me surveille avec ses yeux de geôlier.

Ah ! misérable ! que vais-je devenir ? qu'est-ce qu'ils vont faire de moi ?

.

XXI

Je suis calme maintenant. Tout est fini, bien fini. Je suis sorti de l'horrible anxiété où m'avait jeté la visite du directeur. Car, je l'avoue, j'espérais encore. Maintenant, Dieu merci, je n'espère plus.

Voici ce qui vient de se passer :

Au moment où six heures et demie sonnaient, — non, c'était l'avant-quart, — la porte de mon cachot s'est rouverte. Un vieillard à tête blanche, vêtu d'une redingote brune, est entré. Il a entrouvert sa redingote. J'ai vu une soutane, un rabat. C'était un prêtre.

Ce prêtre n'était pas l'aumônier de la prison. Cela était sinistre.

Il s'est assis en face de moi avec un sourire bienveillant ; puis a secoué la tête et levé les yeux au ciel, c'est-à-dire à la voûte du cachot. Je l'ai compris.

— Mon fils, m'a-t-il dit, êtes-vous préparé ?

Je lui ai répondu d'une voix faible :

— Je ne suis pas préparé, mais je suis prêt.

Cependant ma vue s'est troublée, mais je suis prêt

est sortie à la fois de tous mes membres, j'ai senti mes tempes se gonfler, et j'avais les oreilles pleines de bourdonnements.

Pendant que je vacillais sur ma chaise comme endormi, le bon vieillard parlait. C'est du moins ce qu'il m'a semblé, et je crois me souvenir que j'ai vu ses lèvres remuer, ses mains s'agiter, ses yeux reluire.

La porte s'est rouverte une seconde fois. Le bruit des verrous nous a arrachés, moi à ma stupeur, lui à son discours. Une espèce de monsieur en habit noir, accompagné du directeur de la prison, s'est présenté, et m'a salué profondément. Cet homme avait sur le visage quelque chose de la tristesse officielle des employés des pompes funèbres. Il tenait un rouleau de papier à la main.

— Monsieur, m'a-t-il dit avec un sourire de courtoisie, je suis huissier près de la cour royale de Paris. J'ai l'honneur de vous apporter un message de la part de monsieur le procureur général.

La première secousse était passée. Toute ma présence d'esprit m'était revenue.

— C'est monsieur le procureur général, lui ai-je répondu, qui a demandé si instamment ma tête ? Bien de l'honneur pour moi qu'il m'écrive. J'espère que ma mort lui va faire grand plaisir ? car il me serait dur de penser qu'il l'a sollicitée avec tant d'ardeur et qu'elle lui était indifférente.

J'ai dit tout cela, et j'ai repris d'une voix ferme :

— Lisez, monsieur !

Il s'est mis à me lire un long texte, en chantant à la fin de chaque ligne et en hésitant au milieu de chaque mot. C'était le rejet de mon pourvoi.

— L'arrêt sera exécuté aujourd'hui en place de Grève, a-t-il ajouté quand il a eu terminé, sans lever les yeux de dessus son papier timbré. Nous partons à sept heures et demie précises pour la Conciergerie. Mon cher monsieur, aurez-vous l'extrême bonté de me suivre ?

Depuis quelques instants je ne l'écoutais plus. Le directeur causait avec le prêtre ; lui, avait l'œil fixé sur son papier ; je regardais la porte, qui était restée entr'ouverte...

— Ah ! misérable ! quatre fusiliers dans le corridor !

L'huissier a répété sa question, en me regardant cette fois.

— Quand vous voudrez, lui ai-je répondu. À votre aise !

Il m'a salué en disant :

— J'aurai l'honneur de venir vous chercher dans une demi-heure.

Alors ils m'ont laissé seul.

Un moyen de fuir, mon Dieu ! un moyen quelconque ! Il faut que je m'évade ! il le faut ! sur-le-champ ! par les portes, par les fenêtres, par la charpente du toit ! quand même je devrais laisser de ma chair après les poutres !

Ô rage ! démons ! malédiction ! Il faudrait des mois pour percer ce mur avec de bons outils, et je n'ai ni un clou, ni une heure !

XXII

De la Conciergerie.

Me voici *transféré*, comme dit le procès-verbal.

Mais le voyage vaut la peine d'être conté.

Sept heures et demie sonnaient lorsque l'huissier s'est présenté de nouveau au seuil de mon cachot. — Monsieur, m'a-t-il dit, je vous attends. — Hélas lui et d'autres !

Je me suis levé, j'ai fait un pas ; il m'a semblé que je n'en pourrais faire un second, tant ma tête était lourde et mes jambes faibles. Cependant je me suis remis et j'ai continué d'une allure assez ferme. Avant de sortir du cabanon, j'y ai promené un dernier coup d'œil. — Je l'aimais, mon cachot. — Puis, je l'ai laissé vide et ouvert ; ce qui donne à un cachot un air singulier.

Au reste, il ne le sera pas longtemps. Ce soir on y attend quelqu'un, disaient les porte-clefs, un condamné que la cour d'assises est en train de faire à l'heure qu'il est.

Au détour du corridor, l'aumônier nous a rejoints. Il venait de déjeuner.

Au sortir de la geôle, le directeur m'a pris affectueusement la main, et a renforcé mon escorte de quatre vétérans.

Devant la porte de l'infirmerie, un vieillard moribond m'a crié : Au revoir !

Nous sommes arrivés dans la cour. J'ai respiré ; cela m'a fait du bien.

Nous n'avons pas marché longtemps à l'air. Une voiture attelée de chevaux de poste stationnait dans la première cour ; c'est la même voiture qui m'avait amené : une espèce de cabriolet oblong, divisé en deux sections par une grille transversale de fil de fer si épaisse qu'on la dirait tricotée. Les deux sections ont chacune une porte, l'une devant, l'autre derrière la carriole. Le tout si sale, si noir, si poudreux, que le corbillard des pauvres est un carrosse du sacre en comparaison.

Avant de m'ensevelir dans cette tombe à deux roues, j'ai jeté un regard dans la cour, un de ces regards désespérés devant lesquels il semble que les murs devraient crouler. La cour, espèce de petite place plantée d'arbres, était plus encombrée encore de spectateurs que pour les galériens. Déjà la foule !

Comme le jour du départ de la chaîne, il tombait une pluie de la saison, une pluie fine et glacée qui tombe encore à l'heure où j'écris, qui tombera sans doute toute la journée, qui durera plus que moi.

Les chemins étaient effondrés, la cour pleine de fange et d'eau. J'ai eu plaisir à voir cette foule dans cette boue.

Nous sommes montés, l'huissier et un gendarme, dans le compartiment de devant ; le prêtre, moi et un gendarme dans l'autre. Quatre gendarmes à cheval autour de la voiture. Ainsi, sans le postillon, huit hommes pour un homme.

Pendant que je montais, il y avait une vieille aux yeux gris qui disait : — J'aime encore mieux cela que la chaîne.

Je conçois. C'est un spectacle qu'on embrasse plus aisément d'un coup d'œil, c'est plus tôt vu. C'est tout aussi beau et plus commode. Rien ne vous distrait. Il n'y a qu'un homme, et sur cet homme seul autant de misère que sur tous les forçats à la fois. Seulement cela est moins éparpillé ; c'est une liqueur concentrée, bien plus savoureuse.

La voiture s'est ébranlée. Elle a fait un bruit sourd en passant sous la voûte de la grande porte, puis a débouché dans l'avenue, et les lourds battants de Bicêtre se sont refermés derrière elle. Je me sentais emporté avec stupeur, comme un homme tombé en léthargie qui ne peut ni remuer ni crier et qui entend qu'on l'enterre. J'écoutais vaguement les paquets de sonnettes pendus au cou des chevaux de poste sonner en cadence et comme par hoquets, les roues ferrées bruire sur le pavé ou cogner la caisse en changeant d'ornière, le galop sonore des gendarmes autour de la carriole, le fouet claquant du postillon. Tout cela me semblait comme un tourbillon qui m'emportait.

À travers le grillage d'un judas percé en face de moi, mes yeux s'étaient fixés machinalement sur l'inscription gravée en grosses lettres au-dessus de la grande porte de Bicêtre : HOSPICE DE LA VIEILLESSE.

— Tiens, me disais-je, il paraît qu'il y a des gens qui vieillissent, là.

Et, comme on fait entre la veille et le sommeil, je retournais cette idée en tous sens dans mon esprit engourdi de douleur. Tout à coup la carriole, en passant de l'avenue dans la grande route, a changé le point de vue de la lucarne. Les tours de Notre-Dame sont venues s'y encadrer, bleues et à demi effacées dans la brume de Paris. Sur-le-champ le point de vue de mon esprit a changé aussi. J'étais devenu machine comme la voiture. À l'idée de Bicêtre a succédé l'idée des tours de Notre-Dame.

— Ceux qui seront sur la tour où est le drapeau verront bien, me suis-je dit en souriant stupidement.

Je crois que c'est à ce moment-là que le prêtre s'est remis à me parler. Je l'ai laissé dire patiemment. J'avais déjà dans l'oreille le bruit des roues, le galop des chevaux, le fouet du postillon. C'était un bruit de plus.

J'écoutais en silence cette chute de paroles monotones qui assoupissaient ma pensée comme le murmure d'une fontaine, et qui passaient devant moi, toujours diverses et toujours les mêmes, comme les ormeaux tortus de la grande route, lorsque la voix brève et saccadée de l'huissier, placé sur le devant, est venue subitement me secouer.

— Eh bien ! monsieur l'abbé, disait-il avec un accent presque gai, qu'est-ce que vous savez de nouveau ?

C'est vers le prêtre qu'il se retournait en parlant ainsi.

L'aumônier, qui me parlait sans relâche, et que la voiture assourdissait, n'a pas répondu.

— Hé ! hé ! a repris l'huissier en haussant la voix pour avoir le dessus sur le bruit des roues ; infernale voiture !

Infernale ! En effet.

Il a continué.

— Sans doute, c'est le cahot ; on ne s'entend pas.

Qu'est-ce que je voulais donc dire ? Faites-moi le plaisir de m'apprendre ce que je voulais dire, monsieur l'abbé ? — Ah ! savez-vous la grande nouvelle de Paris, aujourd'hui ?

J'ai tressailli, comme s'il parlait de moi.

— Non, a dit le prêtre, qui avait enfin entendu, je n'ai pas eu le temps de lire les journaux ce matin. Je verrai cela ce soir. Quand je suis occupé comme cela toute la journée, je recommande au portier de me garder mes journaux, et je les lis en rentrant.

— Bah ! a repris l'huissier, il est impossible que vous ne sachiez pas cela. La nouvelle de Paris ! La nouvelle de ce matin !

J'ai pris la parole : — Je crois la savoir.

L'huissier m'a regardé.

— Vous ! vraiment ! En ce cas, qu'en dites-vous ?

— Vous êtes curieux ! lui ai-je dit.

— Pourquoi, monsieur ? a répliqué l'huissier. Chacun a son opinion politique. Je vous estime trop pour croire que vous n'avez pas la vôtre. Quant à moi, je suis tout à fait d'avis du rétablissement de la garde nationale. J'étais sergent de ma compagnie, et, ma foi, c'était fort agréable.

Je l'ai interrompu.

— Je ne croyais pas que ce fût de cela qu'il s'agissait.

— Et de quoi donc ? vous disiez savoir la nouvelle...

— Je parlais d'une autre, dont Paris s'occupe aussi aujourd'hui.

L'imbécile n'a pas compris ; sa curiosité s'est éveillée.

— Une autre nouvelle ? Où diable avez-vous pu apprendre des nouvelles ? Laquelle, de grâce, mon cher monsieur ? Savez-vous ce que c'est, monsieur l'abbé ? êtes-vous plus au courant que moi ? Mettez-moi au fait, je vous prie. De quoi s'agit-il ? Voyez-vous, j'aime les nouvelles. Je les conte à monsieur le président, et cela l'amuse.

Et mille billevesées. Il se tournait tour à tour vers le prêtre et vers moi, et je ne répondais qu'en haussant les épaules.

— Eh bien ! m'a-t-il dit, à quoi pensez-vous donc ?

— Je pense, ai-je répondu, que je ne penserai plus ce soir.

— Ah ! c'est cela ! a-t-il répliqué. Allons, vous êtes trop triste ! M. Castaing causait.

Puis, après un silence :

— J'ai conduit M. Papavoine ; il avait sa casquette de loutre et fumait son cigare. Quant aux jeunes gens de La Rochelle, ils ne parlaient qu'entre eux. Mais ils parlaient.

Il a fait encore une pause, et a poursuivi :

— Des fous ! des enthousiastes ! Ils avaient l'air de mépriser tout le monde. Pour ce qui est de vous, je vous trouve bien pensif, jeune homme.

— Jeune homme ! lui ai-je dit, je suis plus vieux que vous ; chaque quart d'heure qui s'écoule me vieillit d'une année.

Il s'est retourné, m'a regardé quelques minutes avec un étonnement inepte, puis s'est mis à ricaner lourdement.

— Allons, vous voulez rire, plus vieux que moi ! je serais votre grand-père.

— Je ne veux pas rire, lui ai-je répondu gravement.

Il a ouvert sa tabatière.

— Tenez, cher monsieur, ne vous fâchez pas ; une prise de tabac, et ne me gardez pas rancune.

— N'ayez pas peur ; je n'aurai pas longtemps à vous la garder.

En ce moment sa tabatière, qu'il me tendait, a rencontré le grillage qui nous séparait. Un cahot a fait qu'elle l'a heurté assez violemment et est tombée tout ouverte sous les pieds du gendarme.

— Maudit grillage ! s'est écrié l'huissier.

Il s'est tourné vers moi.

— Eh bien ! ne suis-je pas malheureux ? tout mon tabac est perdu !

— Je perds plus que vous, ai-je répondu en souriant.

Il a essayé de ramasser son tabac, en grommelant entre ses dents :

— Plus que moi ! cela est facile à dire. Pas de tabac jusqu'à Paris ! c'est terrible !

L'aumônier alors lui a adressé quelques paroles de consolation, et je ne sais si j'étais préoccupé, mais il m'a semblé que c'était la suite de l'exhortation dont j'avais eu le commencement. Peu à peu la conversation s'est engagée entre le prêtre et l'huissier ; je les ai laissés parler de leur côté, et je me suis mis à penser du mien.

En abordant la barrière, j'étais toujours préoccupé sans doute, mais Paris m'a paru faire un plus grand bruit qu'à l'ordinaire.

La voiture s'est arrêtée un moment devant l'octroi.

Les douaniers de ville l'ont inspectée. Si c'eût été un mouton ou un bœuf qu'on eût mené à la boucherie, il aurait fallu leur jeter une bourse d'argent ; mais une tête humaine ne paye pas de droit. Nous avons passé.

Le boulevard franchi, la carriole s'est enfoncée au grand trot dans ces vieilles rues tortueuses du faubourg Saint-Marceau et de la Cité, qui serpentent et s'entrecoupent comme les mille chemins d'une fourmilière. Sur le pavé de ces rues étroites le roulement de la voiture est devenu si bruyant et si rapide, que je n'entendais plus rien du bruit extérieur. Quand je jetais les yeux par la petite lucarne carrée, il me semblait que le flot des passants s'arrêtait pour regarder la voiture, et que des bandes d'enfants couraient sur sa trace. Il m'a semblé aussi voir de temps en temps dans les carrefours çà et là un homme ou une vieille en haillons, quelquefois les deux ensemble, tenant en main une liasse de feuilles imprimées que les passants se disputaient, en ouvrant la bouche comme pour un grand cri.

Huit heures et demie sonnaient à l'horloge du Palais au moment où nous sommes arrivés dans la cour de la Conciergerie. La vue de ce grand escalier, de cette noire chapelle, de ces guichets sinistres, m'a glacé. Quand la voiture s'est arrêtée, j'ai cru que les battements de mon cœur allaient s'arrêter aussi.

J'ai recueilli mes forces ; la porte s'est ouverte avec la rapidité de l'éclair ; j'ai sauté à bas du cachot roulant, et je me suis enfoncé à grands pas sous la voûte entre deux haies de soldats. Il s'était déjà formé une foule sur mon passage.

XXIII

Tant que j'ai marché dans les galeries publiques du Palais de Justice, je me suis senti presque libre et à l'aise ; mais toute ma résolution m'a abandonné quand on a ouvert devant moi des portes basses, des escaliers secrets, des couloirs intérieurs, de longs corridors étouffés, où il n'entre que ceux qui condamnent ou ceux qui sont condamnés.

L'huissier m'accompagnait toujours. Le prêtre m'avait quitté pour revenir dans deux heures : il avait ses affaires.

On m'a conduit au cabinet du directeur, entre les mains duquel l'huissier m'a remis. C'était un échange. Le directeur l'a prié d'attendre un instant, lui annonçant qu'il allait avoir du *gibier* à lui remettre, afin qu'il le conduisît sur-le-champ à Bicêtre par le retour de la carriole. Sans doute le condamné d'aujourd'hui, celui qui doit coucher ce soir sur la botte de paille que je n'ai pas eu le temps d'user.

— C'est bon, a dit l'huissier au directeur, je vais attendre un moment ; nous ferons les deux procès-verbaux à la fois, cela s'arrange bien.

En attendant, on m'a déposé dans un petit cabinet attenant à celui du directeur. Là, on m'a laissé seul, bien verrouillé.

Je ne sais à quoi je pensais, ni depuis combien de temps j'étais là, quand un brusque et violent éclat de rire à mon oreille m'a réveillé de ma rêverie.

J'ai levé les yeux en tressaillant. Je n'étais plus

seul dans la cellule. Un homme s'y trouvait avec moi, un homme d'environ cinquante-cinq ans, de moyenne taille ; ridé, voûté, grisonnant ; à membres trapus ; avec un regard louche dans des yeux gris, un rire amer sur le visage ; sale, en guenilles, demi nu, repoussant à voir.

Il paraît que la porte s'était ouverte, l'avait vomi, puis s'était refermée sans que je m'en fusse aperçu. Si la mort pouvait venir ainsi !

Nous nous sommes regardés quelques secondes fixement, l'homme et moi ; lui, prolongeant son rire qui ressemblait à un râle ; moi, demi étonné, demi effrayé.

— Qui êtes-vous ? lui ai-je dit enfin.

— Drôle de demande ! a-t-il répondu. Un friauche.

— Un friauche ! Qu'est-ce que cela veut dire ?

Cette question a redoublé sa gaieté.

— Cela veut dire, s'est-il écrié au milieu d'un éclat de rire, que le taule jouera au panier avec ma sorbonne dans six semaines, comme il va faire avec ta tronche dans six heures. — Ha ! ha ! il paraît que tu comprends maintenant.

En effet, j'étais pâle, et mes cheveux se dressaient. C'était l'autre condamné, le condamné du jour, celui qu'on attendait à Bicêtre, mon héritier.

Il a continué :

— Que veux-tu ? voilà mon histoire à moi. Je suis fils d'un bon peigre ; c'est dommage que Charlot ait pris la peine de lui attacher sa cravate*. C'était quand

---

* Cravate : corde. Charlot : le bourreau. Mes louches : mes mains. Une fouillouse : une poche. Je filais une pelure : je volais

régnait la potence, par la grâce de Dieu. À six ans, je n'avais plus ni père ni mère ; l'été, je faisais la roue dans la poussière au bord des routes, pour qu'on me jetât un sou par la portière des chaises de poste ; l'hiver, j'allais pieds nus dans la boue en soufflant dans mes doigts tout rouges ; on voyait mes cuisses à travers mon pantalon. À neuf ans, j'ai commencé à me servir de mes louches, de temps en temps je vidais une fouillouse, je filais une pelure ; à dix ans, j'étais un marlou. Puis j'ai fait des connaissances ; à dix-sept, j'étais un grinche. Je forçais une boutanche, je faussais une tournante. On m'a pris. J'avais l'âge, on m'a envoyé ramer dans la petite marine. Le bagne, c'est dur ; coucher sur une planche, boire de l'eau claire, manger du pain noir, traîner un imbécile de boulet qui ne sert à rien ; des coups de bâton et des coups de soleil. Avec cela on est tondu, et moi qui avais de beaux cheveux châtains ! N'importe !... j'ai fait mon temps. Quinze ans, cela s'arrache ! J'avais trente-deux ans. Un beau matin on me donna une

---

un manteau. Un marlou : un filou. Un grinche : un voleur. Je forçais une boutanche, je faussais une tournante : je forçais une boutique, je faussais une clef. Dans la petite marine : aux galères. Une serpillière de ratichon : une soutane d'abbé. Tapiquer : habiter. Cheval de retour : ramené au bagne. Les bonnets verts : les condamnés à perpétuité. Leur coire : leur chef. On faisait la grande soulasse sur le trimar : on assassinait sur les grands chemins. Les marchands de lacets : les gendarmes. Fanandels : camarades. Le faucheur : le bourreau. A épousé la veuve : a été pendu. L'abbaye de Mont'-à-regret : la guillotine. Le sinvre devant la carline : le poltron devant la mort. La placarde : place de Grève. Vousailles : vous. Le sanglier : le prêtre.

feuille de route et soixante-six francs que je m'étais amassés dans mes quinze ans de galères, en travaillant seize heures par jour, trente jours par mois, et douze mois par année. C'est égal, je voulais être honnête homme avec mes soixante-six francs, et j'avais de plus beaux sentiments sous mes guenilles qu'il n'y en a sous une serpillière de ratichon. Mais que les diables soient avec le passeport ! il était jaune, et on avait écrit dessus *forçat libéré*. Il fallait montrer cela partout où je passais et le présenter tous les huit jours au maire du village où l'on me forçait de tapiquer. La belle recommandation ! un galérien ! Je faisais peur, et les petits enfants se sauvaient, et l'on fermait les portes. Personne ne voulait me donner d'ouvrage. Je mangeai mes soixante-six francs. Et puis, il fallut vivre. Je montrai mes bras bons au travail, on ferma les portes. J'offris ma journée pour quinze sous, pour dix sous, pour cinq sous. Point. Que faire ? Un jour, j'avais faim. Je donnai un coup de coude dans le carreau d'un boulanger ; j'empoignai un pain, et le boulanger m'empoigna ; je ne mangeai pas le pain, et j'eus les galères à perpétuité, avec trois lettres de feu sur l'épaule. — Je te montrerai, si tu veux. — On appelle cette justice-là *la récidive*. Me voilà donc cheval de retour. On me remit à Toulon ; cette fois avec les bonnets verts. Il fallait m'évader. Pour cela, je n'avais que trois murs à percer, deux chaînes à couper, et j'avais un clou. Je m'évadai. On tira le canon d'alerte ; car, nous autres, nous sommes comme les cardinaux de Rome, habillés de rouge, et on tire le canon quand nous partons. Leur poudre alla aux moineaux. Cette fois, pas de passeport jaune, mais pas d'argent non plus. Je rencontrai des camarades qui avaient aussi fait leur temps ou cassé leur ficelle. Leur coire me proposa d'être des leurs, on faisait la grande soulasse sur le trimar. J'acceptai, et je me mis à tuer pour vivre. C'était tantôt une diligence, tantôt une chaise de poste, tantôt un marchand de bœufs à cheval. On prenait l'argent, on laissait aller au hasard la bête ou la voiture, et l'on enterrait l'homme sous un arbre, en ayant soin que les pieds ne sortissent pas ; et puis on dansait sur la fosse, pour que la terre ne parût pas fraîchement remuée. J'ai vieilli comme cela, gîtant dans les broussailles, dormant aux belles étoiles, traqué de bois en bois, mais du moins libre et à moi. Tout a une fin, et autant celle-là qu'une autre. Les marchands de lacets, une belle nuit, nous ont pris au collet. Mes fanandels se sont sauvés ; mais moi, le plus vieux, je suis resté sous la griffe de ces chats à chapeaux galonnés. On m'a amené ici. J'avais déjà passé tous les échelons de l'échelle, excepté un. Avoir volé un mouchoir ou tué un homme, c'était tout un pour moi désormais ; il y avait encore une récidive à m'appliquer. Je n'avais plus qu'à passer par le faucheur. Mon affaire a été courte. Ma foi, je commençais à vieillir et à n'être plus bon à rien. Mon père a épousé la veuve, moi je me retire à l'abbaye de Mont'-à-Regret. — Voilà, camarade.

J'étais resté stupide en l'écoutant. Il s'est remis à rire plus haut encore qu'en commençant, et a voulu me prendre la main. J'ai reculé avec horreur.

— L'ami, m'a-t-il dit, tu n'as pas l'air brave. Ne va pas faire le sinve devant la carline. Vois-tu, il y a un mauvais moment à passer sur la placarde ; mais cela est sitôt fait ! Je voudrais être là pour te montrer la culbute. Mille dieux ! j'ai envie de ne pas me pourvoir, si l'on veut me faucher aujourd'hui avec toi. Le même prêtre nous servira à tous deux ; ça m'est égal d'avoir tes restes. Tu vois que je suis un bon garçon. Hein ! dis, veux-tu ? d'amitié !

Il a encore fait un pas pour s'approcher de moi.

— Monsieur, lui ai-je répondu en le repoussant, je vous remercie.

Nouveaux éclats de rire à ma réponse.

— Ah ! ah ! monsieur, vousailles êtes un marquis ! c'est un marquis !

Je l'ai interrompu :

— Mon ami, j'ai besoin de me recueillir, laissez-moi.

La gravité de ma parole l'a rendu pensif tout à coup. Il a remué sa tête grise et presque chauve ; puis, creusant avec ses ongles sa poitrine velue, qui s'offrait nue sous sa chemise ouverte :

— Je comprends, a-t-il murmuré entre ses dents ; au fait, le sanglier !...

Puis, après quelques minutes de silence :

— Tenez, m'a-t-il dit presque timidement, vous êtes un marquis, c'est fort bien ; mais vous avez là une belle redingote qui ne vous servira plus à grand-chose ! le taule la prendra. Donnez-la-moi, je la vendrai pour avoir du tabac.

J'ai ôté ma redingote et je la lui ai donnée. Il s'est

mis à battre des mains avec une joie d'enfant. Puis, voyant que j'étais en chemise et que je grelottais :

— Vous avez froid, monsieur, mettez ceci ; il pleut, et vous seriez mouillé ; et puis il faut être décemment, sur la charrette.

En parlant ainsi, il ôtait sa grosse veste de laine grise et la passait dans mes bras. Je le laissais faire.

Alors j'ai été m'appuyer contre le mur, et je ne saurais dire quel effet me faisait cet homme. Il s'était mis à examiner la redingote que je lui avais donnée, et poussait à chaque instant des cris de joie.

— Les poches sont toutes neuves ! le collet n'est pas usé ! — j'en aurai au moins quinze francs. — Quel bonheur ! du tabac pour mes six semaines !

La porte s'est rouverte. On venait nous chercher tous deux ; moi, pour me conduire à la chambre où les condamnés attendent l'heure ; lui, pour le mener à Bicêtre. Il s'est placé en riant au milieu du piquet qui devait l'emmener, et il disait aux gendarmes :

— Ah çà ! ne vous trompez pas ; nous avons changé de pelure, monsieur et moi ; mais ne me prenez pas à sa place. Diable ! cela ne m'arrangerait pas, maintenant que j'ai de quoi avoir du tabac !

XXIV

Ce vieux scélérat, il m'a pris ma redingote, car je ne la lui ai pas donnée, et puis il m'a laissé cette guenille, sa veste infâme. De qui vais-je avoir l'air ?

Je ne lui ai pas laissé prendre ma redingote par insouciance ou par charité. Non ; mais parce qu'il était plus fort que moi. Si j'avais refusé, il m'aurait battu avec ses gros poings.

Ah bien oui, charité ! j'étais plein de mauvais sentiments. J'aurais voulu pouvoir l'étrangler de mes mains, le vieux voleur ! pouvoir le piler sous mes pieds !

Je me sens le cœur plein de rage et d'amertume. Je crois que la poche au fiel a crevé. La mort rend méchant.

XXV

Ils m'ont amené dans une cellule où il n'y a que les quatre murs, avec beaucoup de barreaux à la fenêtre et beaucoup de verrous à la porte, cela va sans dire.

J'ai demandé une table, une chaise, et ce qu'il faut pour écrire. On m'a apporté tout cela.

Puis j'ai demandé un lit. Le guichetier m'a regardé de ce regard étonné qui semble dire : — À quoi bon ?

Cependant ils ont dressé un lit de sangle dans le coin. Mais en même temps un gendarme est venu s'installer dans ce qu'ils appellent *ma chambre*. Est-ce qu'ils ont peur que je ne m'étrangle avec le matelas ?

XXVI

Il est dix heures.

Ô ma pauvre petite fille ! encore six heures ; et je serai mort ! je serai quelque chose d'immonde qui traînera sur la table froide des amphithéâtres ; une tête qu'on moulera d'un côté, un tronc qu'on disséquera de l'autre ; puis de ce qui restera, on en mettra plein une bière, et le tout ira à Clamart.

Voilà ce qu'ils vont faire de ton père, ces hommes dont aucun ne me hait, qui tous me plaignent et tous pourraient me sauver. Ils vont me tuer. Comprends-tu cela, Marie ? me tuer de sang-froid, en cérémonie, pour le bien de la chose ! Ah ! grand Dieu !

Pauvre petite ! ton père qui t'aimait tant, ton père qui baisait ton petit cou blanc et parfumé, qui passait la main sans cesse dans les boucles de tes cheveux comme sur de la soie, qui prenait ton joli visage rond dans sa main, qui te faisait sauter sur ses genoux, et le soir joignait tes deux mains pour prier Dieu !

Qui est-ce qui te fera tout cela maintenant ? Qui est-ce qui t'aimera ? Tous les enfants de ton âge auront des pères, excepté toi. Comment te déshabitueras-tu, mon enfant, du jour de l'an, des étrennes, des beaux joujoux, des bonbons et des baisers ? — Comment te déshabitueras-tu, malheureuse orpheline, de boire et de manger ?

Oh ! si ces jurés l'avaient vue, au moins, ma jolie petite Marie ! ils auraient compris qu'il ne faut pas tuer le père d'un enfant de trois ans.

Et quand elle sera grande, si elle va jusque-là, que deviendra-t-elle ? Son père sera un des souvenirs du peuple de Paris. Elle rougira de moi et de mon nom ; elle sera méprisée, repoussée, vile à cause de moi, de moi qui l'aime de toutes les tendresses de mon cœur. Ô ma petite Marie bien-aimée ! Est-il bien vrai que tu auras honte et horreur de moi ?

Misérable ! quel crime j'ai commis, et quel crime je fais commettre à la société !

Oh ! est-il bien vrai que je vais mourir avant la fin du jour ? Est-il bien vrai que c'est moi ? Ce bruit sourd de cris que j'entends au-dehors, ce flot de peuple joyeux qui déjà se hâte sur les quais, ces gendarmes qui s'apprêtent dans leurs casernes, ce prêtre en robe noire, cet autre homme aux mains rouges, c'est pour moi ! c'est moi qui vais mourir ! moi, le même qui est ici, qui vit, qui se meut, qui respire, qui est assis à cette table, laquelle ressemble à une autre table, et pourrait aussi bien être ailleurs ; moi, enfin, ce moi que je touche et que je sens, et dont le vêtement fait les plis que voilà !

XXVII

Encore si je savais comment cela est fait, et de quelle façon on meurt là-dessus ! mais c'est horrible, je ne le sais pas.

Le nom de la chose est effroyable, et je ne comprends point comment j'ai pu jusqu'à présent l'écrire et le prononcer.

La combinaison de ces dix lettres, leur aspect, leur physionomie est bien faite pour réveiller une idée épouvantable, et le médecin de malheur qui a inventé la chose avait un nom prédestiné.

L'image que j'y attache, à ce mot hideux, est vague, indéterminée, et d'autant plus sinistre. Chaque syllabe est comme une pièce de la machine. J'en construis et j'en démolis sans cesse dans mon esprit la monstrueuse charpente.

Je n'ose faire une question là-dessus, mais il est affreux de ne savoir ce que c'est, ni comment s'y prendre. Il paraît qu'il y a une bascule et qu'on vous couche sur le ventre... — Ah ! mes cheveux blanchiront avant que ma tête ne tombe !

XXVIII

Je l'ai cependant entrevue une fois.

Je passais sur la place de Grève, en voiture, un jour vers onze heures du matin. Tout à coup la voiture s'arrêta[1].

Il y avait foule sur la place. Je mis la tête à la portière. Une populace encombrait la Grève et le quai, et des femmes, des hommes, des enfants étaient debout sur le parapet. Au-dessus des têtes, on voyait une espèce d'estrade en bois rouge que trois hommes échafaudaient.

1. Allusion de Victor Hugo à sa propre expérience du terrible spectacle. Cf. *Victor Hugo raconté par un témoin de sa vie*, « L'Échafaud », dans les Documents (p. 194).

Un condamné devait être exécuté le jour même, et l'on bâtissait la machine.

Je détournai la tête avant d'avoir vu. À côté de la voiture, il y avait une femme qui disait à un enfant :

— Tiens, regarde ! le couteau coule mal, ils vont graisser la rainure avec un bout de chandelle.

C'est probablement là qu'ils en sont aujourd'hui. Onze heures viennent de sonner. Ils graissent sans doute la rainure.

Ah ! cette fois, malheureux, je ne détournerai pas la tête.

XXIX

Ô ma grâce ! ma grâce ! on me fera peut-être grâce. Le roi ne m'en veut pas. Qu'on aille chercher mon avocat ! vite l'avocat ! Je veux bien des galères. Cinq ans de galères, et que tout soit dit, — ou vingt ans, — ou à perpétuité avec le fer rouge. Mais grâce de la vie !

Un forçat, cela marche encore, cela va et vient, cela voit le soleil.

XXX

Le prêtre est revenu.

Il a des cheveux blancs, l'air très doux, une bonne et respectable figure ; c'est en effet un homme excellent et respectable figure ; c'est en effet un homme excellent et charitable. Ce matin, je l'ai vu vider sa bourse dans les mains des prisonniers. D'où vient que sa voix n'a rien qui émeuve et qui soit ému ? D'où vient qu'il ne m'a rien dit encore qui m'ait pris par l'intelligence ou par le cœur ?

Ce matin, j'étais égaré. J'ai à peine entendu ce qu'il m'a dit. Cependant ses paroles m'ont semblé inutiles, et je suis resté indifférent : elles ont glissé comme cette pluie froide sur cette vitre glacée.

Cependant, quand il est rentré tout à l'heure près de moi, sa vue m'a fait du bien. C'est parmi tous ces hommes le seul qui soit encore homme pour moi, me suis-je dit. Et il m'a pris une ardente soif de bonnes et consolantes paroles.

Nous nous sommes assis, lui sur la chaise, moi sur le lit. Il m'a dit : — Mon fils... — Ce mot m'a ouvert le cœur. Il a continué :

— Mon fils, croyez-vous en Dieu ?

— Oui, mon père, lui ai-je répondu.

— Croyez-vous en la sainte église catholique, apostolique et romaine ?

— Volontiers, lui ai-je dit.

— Mon fils, a-t-il repris, vous avez l'air de douter.

Alors il s'est mis à parler. Il a parlé longtemps ; il a dit beaucoup de paroles ; puis, quand il a cru avoir fini, il s'est levé et m'a regardé pour la première fois depuis le commencement de son discours, en m'interrogeant :

— Eh bien ?

Je proteste que je l'avais écouté avec avidité d'abord, puis avec attention, puis avec dévouement.

Je me suis levé aussi.

— Monsieur, lui ai-je répondu, laissez-moi seul, je vous prie.

Il m'a demandé :

— Quand reviendrai-je ?

— Je vous le ferai savoir.

Alors il est sorti sans colère, mais en hochant la tête, comme se disant à lui-même :

— Un impie !

Non, si bas que je sois tombé, je ne suis pas un impie, et Dieu m'est témoin que je crois en lui. Mais que m'a-t-il dit, ce vieillard ? rien de senti, rien d'attendri, rien de pleuré, rien d'arraché de l'âme, rien qui vînt de son cœur pour aller au mien, rien qui fût de lui à moi. Au contraire, je ne sais quoi de vague, d'inaccentué, d'applicable à tout et à tous ; emphatique où il eût été besoin de profondeur, plat où il eût fallu être simple ; une espèce de sermon sentimental et d'élégie théologique. Çà et là, une citation latine en latin. Saint Augustin, saint Grégoire, que sais-je ? Et puis, il avait l'air de réciter une leçon déjà vingt fois récitée, de repasser un thème, oblitéré dans sa mémoire à force d'être su. Pas un regard dans l'œil, pas un accent dans la voix, pas un geste dans les mains.

Et comment en serait-il autrement ? Ce prêtre est l'aumônier en titre de la prison. Son état est de consoler et d'exhorter, et il vit de cela. Les forçats, les patients sont du ressort de son éloquence. Il les confesse et les assiste, parce qu'il a sa place à faire. Il a vieilli à mener des hommes mourir. Depuis longtemps il est habitué à ce qui fait frissonner les autres ; ses cheveux, bien poudrés à blanc, ne se dressent plus ; le bagne et l'échafaud sont de tous les jours pour lui. Il est blasé. Probablement il a son cahier ; telle page les galériens, telle page les condamnés à mort. On l'avertit la veille qu'il y aura quelqu'un à consoler le lendemain à telle heure ; il demande ce que c'est, galérien ou supplicié ? et relit la page ; et puis il vient. De cette façon, il advient que ceux qui vont à Toulon et ceux qui vont à la Grève sont un lieu commun pour lui, et qu'il est un lieu commun pour eux.

Oh ! qu'on m'aille donc, au lieu de cela, chercher quelque jeune vicaire, quelque vieux curé, au hasard, dans la première paroisse venue, qu'on le prenne au coin de son feu, lisant son livre et ne s'attendant à rien, et qu'on lui dise :

— Il y a un homme qui va mourir, et il faut que ce soit vous qui le consoliez. Il faut que vous soyez là quand on lui liera les mains, là quand on lui coupera les cheveux ; que vous montiez dans sa charrette avec votre crucifix pour lui cacher le bourreau ; que vous soyez cahoté avec lui par le pavé jusqu'à la Grève : que vous traversiez avec lui l'horrible foule buveuse de sang ; que vous l'embrassiez au pied de l'échafaud, et que vous restiez jusqu'à ce que la tête soit ici et le corps là.

Alors, qu'on me l'amène, tout palpitant, tout frissonnant de la tête aux pieds ; qu'on me jette entre ses bras, à ses genoux ; et il pleurera, et nous pleurerons, et il sera éloquent, et je serai consolé, et mon cœur se dégonflera dans le sien, et il prendra mon âme, et je prendrai son Dieu.

Mais ce bon vieillard, qu'est-il pour moi ? que suis-je pour lui ? un individu de l'espèce malheureuse, une ombre comme il en a déjà tant vu, une unité à ajouter au chiffre des exécutions.

J'ai peut-être tort de le repousser ainsi ; c'est lui qui est bon et moi qui suis mauvais. Hélas ! ce n'est pas ma faute. C'est mon souffle de condamné qui gâte et flétrit tout.

On vient de m'apporter de la nourriture ; ils ont cru que je devais en avoir besoin. Une table délicate et recherchée, un poulet, il me semble, et autre chose encore. Eh bien ! j'ai essayé de manger ; mais, à la première bouchée, tout est tombé de ma bouche, tant cela m'a paru amer et fétide !

XXXI

Il vient d'entrer un monsieur, le chapeau sur la tête, qui m'a à peine regardé, puis a ouvert un pied-de-roi et s'est mis à mesurer de bas en haut les pierres du mur, parlant d'une voix très haute pour dire tantôt : *C'est cela* ; tantôt : *Ce n'est pas cela.*

J'ai demandé au gendarme qui c'était. Il paraît que c'est une espèce de sous-architecte employé à la prison.

De son côté, sa curiosité s'est éveillée sur mon compte. Il a échangé quelques demi-mots avec le porte-clefs qui l'accompagnait ; puis a fixé un instant les yeux sur moi, a secoué la tête d'un air insouciant, et s'est remis à parler à haute voix et à prendre des mesures.

Sa besogne finie, il s'est approché de moi en me disant avec sa voix éclatante :

— Mon bon ami, dans six mois cette prison sera beaucoup mieux.

Et son geste semblait ajouter :

— Vous n'en jouirez pas, c'est dommage.

Il souriait presque. J'ai cru voir le moment où il allait me railler doucement, comme on plaisante une jeune mariée le soir de ses noces.

Mon gendarme, vieux soldat à chevrons, s'est chargé de la réponse.

— Monsieur, lui a-t-il dit, on ne parle pas si haut dans la chambre d'un mort.

L'architecte s'en est allé.

Moi, j'étais là, comme une des pierres qu'il mesurait.

XXXII

Et puis, il m'est arrivé une chose ridicule.

On est venu relever mon bon vieux gendarme, auquel, ingrat égoïste que je suis, je n'ai seulement pas serré la main. Un autre l'a remplacé ; homme à front déprimé, des yeux de bœuf, une figure inepte.

Au reste, je n'y avais fait aucune attention. Je tournais le dos à la porte, assis devant la table ; je tâchais de rafraîchir mon front avec ma main, et mes pensées troublaient mon esprit.

Un léger coup, frappé sur mon épaule, m'a fait tourner la tête. C'était le nouveau gendarme, avec qui j'étais seul.

Voici à peu près de quelle façon il m'a adressé la parole.

— Criminel, avez-vous bon cœur ?

— Non, lui ai-je dit.,

La brusquerie de ma réponse a paru le déconcerter. Cependant il a repris en hésitant :

— On n'est pas méchant pour le plaisir de l'être.

— Pourquoi non ? ai-je répliqué. Si vous n'avez que cela à me dire, laissez-moi. Où voulez-vous en venir ?

— Pardon, mon criminel, a-t-il répondu. Deux mots seulement. Voici. Si vous pouviez faire le bonheur d'un pauvre homme, et que cela ne vous coûtât rien, est-ce que vous ne le feriez pas ?

J'ai haussé les épaules.

— Est-ce que vous arrivez de Charenton ? Vous choisissez un singulier vase pour y puiser du bonheur. Moi, faire le bonheur de quelqu'un !

Il a baissé la voix et pris un air mystérieux, ce qui n'allait pas à sa figure idiote.

— Oui, criminel, oui bonheur, oui fortune. Tout cela me sera venu de vous. Voici. Je suis un pauvre gendarme. Le service est lourd, la paye est légère ; mon cheval est à moi et me ruine. Or, je mets à la loterie pour contre-balancer. Il faut bien avoir une industrie. Jusqu'ici il ne m'a manqué pour gagner que d'avoir de bons numéros. J'en cherche partout de sûrs ; je tombe toujours à côté. Je mets le 76 ; il sort le 77. J'ai beau les nourrir, ils ne viennent pas...

— Un peu de patience, s'il vous plaît, je suis à la fin.

— Or, voici une belle occasion pour moi. Il paraît,

pardon, criminel, que vous passez aujourd'hui. Il est certain que les morts qu'on fait périr comme cela voient la loterie d'avance. Promettez-moi de venir demain soir, qu'est-ce que cela vous fait ? me donner trois numéros, trois bons. Hein ? — Je n'ai pas peur des revenants, soyez tranquille. — Voici mon adresse : Caserne Popincourt, escalier A, n° 26, au fond du corridor. Vous me reconnaîtrez bien, n'est-ce pas ? — Venez même ce soir, si cela vous est plus commode.

J'aurais dédaigné de lui répondre, à cet imbécile, si une espérance folle ne m'avait traversé l'esprit. Dans la position désespérée où je suis, on croit par moments qu'on briserait une chaîne avec un cheveu.

— Écoute, lui ai-je dit en faisant le comédien autant que le peut faire celui qui va mourir, je puis en effet te rendre plus riche que le roi, te faire gagner des millions. — À une condition.

Il ouvrait des yeux stupides.

— Laquelle ? laquelle ? tout pour vous plaire, mon criminel.

— Au lieu de trois numéros, je t'en promets quatre. Change d'habits avec moi.

— Si ce n'est que cela ! s'est-il écrié en défaisant les premières agrafes de son uniforme.

Je m'étais levé de ma chaise. J'observais tous ses mouvements, mon cœur palpitait. Je voyais déjà les portes s'ouvrir devant l'uniforme de gendarme, et la place, et la rue et le Palais de Justice derrière moi !

Mais il s'est retourné d'un air indécis.

— Ah çà ! ce n'est pas pour sortir d'ici ?

J'ai compris que tout était perdu. Cependant j'ai tenté un dernier effort, bien inutile et bien insensé !

— Si fait, lui ai-je dit, mais ta fortune est faite...

Il m'a interrompu.

— Ah bien non ! tiens ! et mes numéros ! pour qu'ils soient bons, il faut que vous soyez mort.

Je me suis rassis, muet et plus désespéré de toute l'espérance que j'avais eue.

XXXIII

J'ai fermé les yeux, et j'ai mis les mains dessus, et j'ai tâché d'oublier, d'oublier le présent dans le passé. Tandis que je rêve, les souvenirs de mon enfance et de ma jeunesse me reviennent un à un, doux, calmes, riants, comme des îles de fleurs sur ce gouffre de pensées noires et confuses qui tourbillonnent dans mon cerveau.

Je me revois enfant, écolier rieur et frais, jouant, courant, criant avec mes frères dans la grande allée verte de ce jardin sauvage où ont coulé mes premières années, ancien enclos de religieuses que domine de sa tête de plomb le sombre dôme du Val-de-Grâce.

Et puis, quatre ans plus tard, m'y voilà encore, toujours enfant, mais déjà rêveur et passionné. Il y a une jeune fille dans le solitaire jardin.

La petite Espagnole, avec ses grands yeux et ses grands cheveux, sa peau brune et dorée, ses lèvres rouges et ses joues roses, l'Andalouse de quatorze ans, Pepa.

Nos mères nous ont dit d'aller courir ensemble : nous sommes venus nous promener.

On nous a dit de jouer, et nous causons, enfants du même âge, non du même sexe.

Pourtant, il n'y a encore qu'un an, nous courions, nous luttions ensemble. Je disputais à Pepita la plus belle pomme du pommier ; je la frappais pour un nid d'oiseau. Elle pleurait ; je disais : C'est bien fait ! et nous allions tous deux nous plaindre ensemble à nos mères, qui nous donnaient tort tout haut et raison tout bas.

Maintenant elle s'appuie sur mon bras, et je suis tout fier et tout ému. Nous marchons lentement, nous parlons bas. Elle laisse tomber son mouchoir, je le lui ramasse. Nos mains tremblent en se touchant. Elle me parle des petits oiseaux, de l'étoile qu'on voit là-bas, du couchant vermeil derrière les arbres, ou bien de ses amies de pension, de sa robe et de ses rubans. Nous disons des choses innocentes, et nous rougissons tous deux. La petite fille est devenue jeune fille.

Ce soir-là, — c'était un soir d'été, — nous étions sous les marronniers, au fond du jardin. Après un de ces longs silences qui remplissaient nos promenades, elle quitta tout à coup mon bras, et me dit : Courons !

Je la vois encore, elle était tout en noir, en deuil de sa grand'mère. Il lui passa par la tête une idée d'enfant, Pepa redevint Pepita, elle me dit : Courons !

Et elle se mit à courir devant moi avec sa taille fine comme le corset d'une abeille et ses petits pieds qui relevaient sa robe jusqu'à mi-jambe. Je la poursuivis, elle fuyait : le vent de sa course soulevait par moments sa pèlerine noire, et me laissait voir son dos brun et frais.

J'étais hors de moi. Je l'atteignis près du vieux puisard en ruine ; je la pris par la ceinture, du droit de victoire, et je la fis asseoir sur un banc de gazon ; elle ne résista pas. Elle était essoufflée et riait. Moi, j'étais sérieux, et je regardais ses prunelles noires à travers ses cils noirs.

— Asseyez-vous là, me dit-elle. Il fait encore grand jour, lisons quelque chose. Avez-vous un livre ?

J'avais sur moi le tome second des *Voyages* de Spallanzani. J'ouvris au hasard, je me rapprochai d'elle, elle appuya son épaule à mon épaule, et nous nous mîmes à lire chacun de notre côté, tout bas, la même page. Avant de tourner le feuillet, elle était toujours obligée de m'attendre. Mon esprit allait moins vite que le sien.

— Avez-vous fini ? me disait-elle, que j'avais à peine commencé.

Cependant nos têtes se touchaient, nos cheveux se mêlaient, nos haleines peu à peu se rapprochèrent, et nos bouches tout à coup.

Quand nous voulûmes continuer notre lecture, le ciel était étoilé.

— Oh ! maman, maman, dit-elle en rentrant, si tu savais comme nous avons couru !

Moi, je gardais le silence.

— Tu ne dis rien, me dit ma mère, tu as l'air triste.

J'avais le paradis dans le cœur.

C'est une soirée que je me rappellerai toute ma vie.

Toute ma vie !

XXXIV

Une heure vient de sonner. Je ne sais laquelle : j'entends mal le marteau de l'horloge. Il me semble que j'ai un bruit d'orgue dans les oreilles ; ce sont mes dernières pensées qui bourdonnent.

À ce moment suprême où je me recueille dans mes souvenirs, j'y retrouve mon crime avec horreur ; mais je voudrais me repentir davantage encore. J'avais plus de remords avant ma condamnation ; depuis, il semble qu'il n'y ait plus de place que pour les pensées de mort. Pourtant, je voudrais bien me repentir beaucoup.

Quand j'ai rêvé une minute à ce qu'il y a de passé dans ma vie, et que j'en reviens au coup de hache qui doit la terminer tout à l'heure, je frissonne comme dans une chose nouvelle. Ma belle enfance ! ma belle jeunesse ! étoffe dorée dont l'extrémité est sanglante. Entre alors et à présent, il y a une rivière de sang, le sang de l'autre et le mien.

Si on lit un jour mon histoire, après tant d'années d'innocence et de bonheur, on ne voudra pas croire à cette année exécrable, qui s'ouvre par un crime et se clôt par un supplice ; elle aura l'air dépareillée.

Et pourtant, misérables lois et misérables hommes, je n'étais pas un méchant !

Oh ! mourir dans quelques heures, et penser qu'il y a un an, à pareil jour, j'étais libre et pur, que je faisais mes promenades d'automne, que j'errais sous les arbres, et que je marchais dans les feuilles !

XXXV

En ce moment même, il y a tout auprès de moi, dans ces maisons qui font cercle autour du Palais et de la Grève, et partout dans Paris, des hommes qui vont et viennent, causent et rient, lisent le journal, pensent à leurs affaires ; des marchands qui vendent ; des jeunes filles qui préparent leurs robes de bal pour ce soir ; des mères qui jouent avec leurs enfants !

XXXVI

Je me souviens qu'un jour, étant enfant, j'allai voir le bourdon de Notre-Dame.

J'étais déjà étourdi d'avoir monté le sombre escalier en colimaçon, d'avoir parcouru la frêle galerie qui lie les deux tours, d'avoir eu Paris sous les pieds, quand j'entrai dans la cage de pierre et de charpente où pend le bourdon avec son battant, qui pèse un millier.

J'avançai en tremblant sur les planches mal jointes, regardant à distance cette cloche si fameuse parmi les enfants et le peuple de Paris, et ne remarquant pas sans effroi que les auvents couverts d'ardoises qui entourent le clocher de leurs plans inclinés étaient au niveau de mes pieds. Dans les intervalles, je voyais, en quelque sorte à vol d'oiseau, la place du Parvis-Notre-Dame, et les passants comme des fourmis.

Tout à coup l'énorme cloche tinta, une vibration

profonde remua l'air, fit osciller la lourde tour. Le plancher sautait sur les poutres. Le bruit faillit me renverser ; je chancelai, prêt à tomber, prêt à glisser sur les auvents d'ardoises en pente. De terreur, je me couchai sur les planches, les serrant étroitement de mes deux bras, sans parole, sans haleine, avec ce formidable tintement dans les oreilles, et sous les yeux ce précipice, cette place profonde où se croisaient tant de passants paisibles et enviés.

Eh bien ! il me semble que je suis encore dans la tour du bourdon. C'est tout ensemble un étourdissement et un éblouissement. Il y a comme un bruit de cloche qui ébranle les cavités de mon cerveau ; et autour de moi je n'aperçois plus cette vie plane et tranquille que j'ai quittée, et où les autres hommes cheminent encore, que de loin et à travers les crevasses d'un abîme.

XXXVII

L'hôtel de ville est un édifice sinistre.

Avec son toit aigu et roide, son clocheton bizarre, son grand cadran blanc, ses étages à petites colonnes, ses milles croisées, ses escaliers usés par les pas, ses deux arches à droite et à gauche, il est là, de plain-pied avec la Grève ; sombre, lugubre, la face toute rongée de vieillesse, et si noir, qu'il est noir au soleil.

Les jours d'exécution, il vomit des gendarmes de toutes ses portes, et regarde le condamné avec toutes ses fenêtres.

Et le soir, son cadran, qui a marqué l'heure, reste lumineux sur sa façade ténébreuse.

XXXVIII

Il est une heure et quart.

Voici ce que j'éprouve maintenant :

Une violente douleur de tête. Les reins froids, le front brûlant. Chaque fois que je me lève ou que je me penche, il me semble qu'il y a un liquide qui flotte dans mon cerveau, et qui fait battre ma cervelle contre les parois du crâne.

J'ai des tressaillements convulsifs, et de temps en temps la plume tombe de mes mains comme par une secousse galvanique.

Les yeux me cuisent comme si j'étais dans la fumée.

J'ai mal dans les coudes.

Encore deux heures et quarante-cinq minutes, et je serai guéri.

XXXIX

Ils disent que ce n'est rien, qu'on ne souffre pas, que c'est une fin douce, que la mort de cette façon est bien simplifiée.

Eh ! qu'est-ce donc que cette agonie de six semaines et ce râle de tout un jour ? Qu'est-ce que les angoisses de cette journée irréparable, qui s'écoule si lentement et si vite ? Qu'est-ce que cette échelle de torture qui aboutit à l'échafaud ?

Apparemment ce n'est pas là souffrir.

Ne sont-ce pas les mêmes convulsions, que le sang s'épuise goutte à goutte, ou que l'intelligence s'éteigne pensée à pensée ?

Et puis, on ne souffre pas, en sont-ils sûrs ? Qui le leur a dit ? Conte-t-on que jamais une tête coupée se soit dressée sanglante au bord du panier, et qu'elle ait crié au peuple : Cela ne fait pas de mal !

Y a-t-il des morts de leur façon qui soient venus les remercier et leur dire : C'est bien inventé. Tenez-vous-en là. La mécanique est bonne.

Est-ce Robespierre ? Est-ce Louis XVI ?...

Non, rien ! moins qu'une minute, moins qu'une seconde, et la chose est faite. — Se sont-ils jamais mis, seulement en pensée, à la place de celui qui est là, au moment où le lourd tranchant qui tombe mord la chair, rompt les nerfs, brise les vertèbres... Mais quoi ! une demi-seconde ! la douleur est escamotée... Horreur !

XL

Il est singulier que je pense sans cesse au roi. J'ai beau faire, beau secouer la tête, j'ai une voix dans l'oreille qui me dit toujours :

— Il y a dans cette même ville, à cette même heure, et pas bien loin d'ici, dans un autre palais, un homme qui a aussi des gardes à toutes ses portes, un homme unique comme toi dans le peuple, avec cette différence qu'il est aussi haut que tu es bas. Sa vie entière, minute par minute, n'est que gloire, grandeur, délices, enivrement. Tout est autour de lui amour, respect, vénération. Les voix les plus hautes deviennent basses en lui parlant et les fronts les plus fiers ploient. Il n'a que de la soie et de l'or sous les yeux. À cette heure, il tient quelque conseil de ministres où tous sont de son avis ; ou bien songe à la chasse de demain, au bal de ce soir, sûr que la fête viendra à l'heure, et laissant à d'autres le travail de ses plaisirs. Eh bien ! cet homme est de chair et d'os comme toi !

— Et pour qu'à l'instant même l'horrible échafaud s'écroulât, pour que tout te fût rendu, vie, liberté, fortune, famille, il suffirait qu'il écrivît avec cette plume les sept lettres de son nom au bas d'un morceau de papier, ou même que son carrosse rencontrât ta charrette ! — Et il est bon, et il ne demanderait pas mieux peut-être, et il n'en sera rien !

XLI

Eh bien donc ! ayons courage avec la mort, prenons cette horrible idée à deux mains, et considérons-la en face. Demandons-lui compte de ce qu'elle est, sachons ce qu'elle nous veut, retournons-la en tous sens, épelons l'énigme, et regardons d'avance dans le tombeau.

Il me semble que, dès que mes yeux seront fermés, je verrai une grande clarté et des abîmes de lumière où mon esprit roulera sans fin. Il me semble que le ciel lumineux de sa propre essence, que les astres y feront des taches obscures, et qu'au lieu d'être comme pour les yeux vivants des paillettes d'or sur du velours gris, ils sembleront des points noirs sur du drap d'or.

Ou bien, misérable que je suis, ce sera peut-être un gouffre hideux, profond, dont les parois seront tapissées de ténèbres, et où je tomberai sans cesse en voyant des formes remuer dans l'ombre.

Ou bien, en m'éveillant après le coup, je me trouverai peut-être sur quelque surface plane et humide, rampant dans l'obscurité et tournant sur moi-même comme une tête qui roule. Il me semble qu'il y aura un grand vent qui me poussera, et que je serai heurté çà et là par d'autres têtes roulantes. Il y aura par place des mares et des ruisseaux d'un liquide inconnu et tiède : tout sera noir. Quand mes yeux, dans leur rotation, seront tournés en haut, ils ne verront qu'un ciel sombre, dont les couches épaisses pèseront sur eux, et au loin dans le fond de grandes arches de fumées plus noires que les ténèbres. Ils verront aussi voltiger dans la nuit de petites étincelles rouges, qui, en s'approchant, deviendront des oiseaux de feu. Et ce sera ainsi toute l'éternité.

Il se peut bien aussi qu'à certaines dates les morts de la Grève se rassemblent par de noires nuits d'hiver sur la place qui est à eux. Ce sera une foule pâle et sanglante, et je n'y manquerai pas. Il n'y aura pas de lune, et l'on parlera à voix basse. L'hôtel de ville sera là, avec sa façade vermoulue, son toit déchiqueté, et son cadran qui aura été sans pitié pour tous. Il y aura sur la place une guillotine de l'enfer, où un démon exécutera un bourreau : ce sera à quatre heures du matin. À notre tour nous ferons foule autour.

Il est probable que cela est ainsi. Mais si ces morts-là reviennent, sous quelle forme reviennent-ils ? Que gardent-ils de leur corps incomplet et mutilé ? Que choisissent-ils ? Est-ce la tête ou le tronc qui est spectre ?

Hélas ! qu'est-ce que la mort fait avec notre âme ? quelle nature lui laisse-t-elle ? qu'a-t-elle à lui prendre ou à lui donner ? où la met-elle ? lui prête-t-elle quelquefois des yeux de chair pour regarder sur la terre, et pleurer ?

Ah ! un prêtre ! un prêtre qui sache cela ! Je veux un prêtre, et un crucifix à baiser !

Mon Dieu, toujours le même !

XLII

Je l'ai prié de me laisser dormir, et je me suis jeté sur le lit.

En effet, j'avais un flot de sang dans la tête, qui m'a fait dormir. C'est mon dernier sommeil, de cette espèce.

J'ai fait un rêve[1].

J'ai rêvé que c'était la nuit. Il me semblait que

1. Victor Hugo aurait réellement fait ce rêve. De nombreux éléments autobiographiques sont ainsi insérés dans le monologue du condamné.

j'étais dans mon cabinet avec deux ou trois de mes amis, je ne sais plus lesquels.

Ma femme était couchée dans la chambre à coucher, à côté, et dormait avec son enfant.

Nous parlions à voix basse, mes amis et moi, et ce que nous disions nous effrayait.

Tout à coup il me sembla entendre un bruit quelque part dans les autres pièces de l'appartement. Un bruit faible, étrange, indéterminé.

Mes amis avaient entendu comme moi. Nous écoutâmes : c'était comme une serrure qu'on ouvre sourdement, comme un verrou qu'on scie à petit bruit.

Il y avait quelque chose qui nous glaçait : nous avions peur. Nous pensâmes que peut-être c'étaient des voleurs qui s'étaient introduits chez moi, à cette heure si avancée de la nuit.

Nous résolûmes d'aller voir. Je me levai, je pris la bougie. Mes amis me suivaient, un à un.

Nous traversâmes la chambre à coucher, à côté. Ma femme dormait avec son enfant.

Puis nous arrivâmes dans le salon. Rien. Les portraits étaient immobiles dans leurs cadres d'or sur la tenture rouge. Il me sembla que la porte du salon à la salle à manger n'était point à sa place ordinaire.

Nous entrâmes dans la salle à manger ; nous en fîmes le tour. Je marchais le premier. La porte sur l'escalier était bien fermée, les fenêtres aussi. Arrivé près du poêle, je vis que l'armoire au linge était ouverte, et que la porte de cette armoire était tirée sur l'angle du mur comme pour le cacher.

Cela me surprit. Nous pensâmes qu'il y avait quelqu'un derrière la porte.

Je portai la main à cette porte pour refermer l'armoire ; elle résista. Étonné, je tirai plus fort, elle céda brusquement, et nous découvrit une petite vieille, les mains pendantes, les yeux fermés, immobile, debout, et comme collée dans l'angle du mur.

Cela avait quelque chose de hideux, et mes cheveux se dressent d'y penser.

Je demandai à la vieille :

— Que faites-vous là ?

Elle ne répondit pas.

Je lui demandai :

— Qui êtes-vous ?

Elle ne répondit pas, ne bougea pas, et resta les yeux fermés.

Mes amis dirent :

— C'est sans doute la complice de ceux qui sont entrés avec de mauvaises pensées ; ils se sont échappés en nous entendant venir ; elle n'aura pu fuir et s'est cachée là.

Je l'ai interrogée de nouveau, elle est demeurée sans voix, sans mouvement, sans regard.

Un de nous l'a poussée à terre, elle est tombée.

Elle est tombée tout d'une pièce, comme un morceau de bois, comme une chose morte.

Nous l'avons remuée du pied, puis deux de nous l'ont relevée et de nouveau appuyée au mur. Elle n'a donné aucun signe de vie. On lui a crié dans l'oreille, elle est restée muette comme si elle était sourde.

Cependant, nous perdions patience, et il y avait de la colère dans notre terreur. Un de nous m'a dit :

— Mettez-lui la bougie sous le menton.

Je lui ai mis la mèche enflammée sous le menton. Alors elle a ouvert un œil à demi, un œil vide, terne, affreux, et qui ne regardait pas.

J'ai ôté la flamme et j'ai dit :

— Ah ! enfin ! répondras-tu, vieille sorcière ? Qui es-tu ?

L'œil s'est refermé comme de lui-même.

— Pour le coup, c'est trop fort, ont dit les autres. Encore la bougie ! encore ! il faudra bien qu'elle parle.

J'ai replacé la lumière sous le menton de la vieille. Alors, elle a ouvert ses deux yeux lentement, nous a regardés tous les uns après les autres, puis, se baissant brusquement, a soufflé la bougie avec un souffle glacé. Au même moment j'ai senti trois dents aiguës s'imprimer sur ma main, dans les ténèbres.

Je me suis réveillé, frissonnant et baigné d'une sueur froide.

Le bon aumônier était assis au pied de mon lit, et lisait des prières.

— Ai-je dormi longtemps ? lui ai-je demandé.

— Mon fils, m'a-t-il dit, vous avez dormi une heure. On vous a amené votre enfant. Elle est là dans la pièce voisine, qui vous attend. Je n'ai pas voulu qu'on vous éveillât.

— Oh ! ai-je crié, ma fille, qu'on m'amène ma fille !

XLIII

Elle est fraîche, elle est rose, elle a de grands yeux, elle est belle !

On lui a mis une petite robe qui lui va bien.

Je l'ai prise, je l'ai enlevée dans mes bras, je l'ai assise sur mes genoux, je l'ai baisée sur ses cheveux.

Pourquoi pas avec sa mère ? — Sa mère est malade, sa grand'mère aussi. C'est bien.

Elle me regardait d'un air étonné ; caressée, embrassée, dévorée de baisers et se laissant faire ; mais jetant de temps en temps un coup d'œil inquiet sur sa bonne, qui pleurait dans le coin.

Enfin j'ai pu parler.

— Marie ! ai-je dit, ma petite Marie !

Je la serrais violemment contre ma poitrine enflée de sanglots. Elle a poussé un petit cri.

— Oh ! vous me faites du mal, monsieur, m'a-t-elle dit.

Monsieur ! il y a bientôt un an qu'elle ne m'a vu, la pauvre enfant. Elle m'a oublié, visage, parole, accent ; et puis, qui me reconnaîtrait avec cette barbe, ces habits et cette pâleur ? Quoi ! déjà effacé de cette mémoire, la seule où j'eusse voulu vivre ! Quoi ! déjà plus père ! être condamné à ne plus entendre ce mot, ce mot de la langue des enfants, si doux qu'il ne peut rester dans celle des hommes : *papa !*

Et pourtant l'entendre de cette bouche, encore une fois, une seule fois, voilà tout ce que j'eusse demandé pour les quarante ans de vie qu'on me prend.

— Écoute, Marie, lui ai-je dit en joignant ses deux petites mains dans les miennes, est-ce que tu ne me connais point ?

— Ah bien non !

— Regarde bien, ai-je répété. Comment, tu ne sais pas qui je suis ?

— Si, a-t-elle dit. Un monsieur.

Elle m'a regardé avec ses beaux yeux, et a répondu :

Hélas ! n'aimer ardemment qu'un seul être au monde, l'aimer avec tout son amour, et l'avoir devant soi, qui vous voit et vous regarde, vous parle et vous répond, et ne vous connaît pas ! Ne vouloir de consolation que de lui, et qu'il soit le seul qui ne sache pas qu'il vous en faut parce que vous allez mourir !

— Marie, ai-je repris, as-tu un papa ?

— Oui, monsieur, a dit l'enfant.

— Eh bien, où est-il ?

Elle a levé ses grands yeux étonnés.

— Ah ! vous ne savez donc pas ? il est mort.

Puis elle a crié ; j'avais failli la laisser tomber.

— Mort ! disais-je. Marie, sais-tu ce que c'est qu'être mort ?

— Oui, monsieur, a-t-elle répondu. Il est dans la terre et dans le ciel.

Elle a continué d'elle-même :

— Je prie le bon Dieu pour lui matin et soir sur les genoux de maman.

Je l'ai baisée au front.

— Marie, dis-moi ta prière.

— Je ne peux pas, monsieur. Une prière, cela ne

se dit pas dans le jour. Venez ce soir dans ma maison ; je la dirai.

C'était assez de cela. Je l'ai interrompue.

— Marie, c'est moi qui suis ton papa.

— Ah ! m'a-t-elle dit.

J'ai ajouté : — Veux-tu que je sois ton papa ?

L'enfant s'est détournée.

— Non, mon papa était bien plus beau.

Je l'ai couverte de baisers et de larmes. Elle a cherché à se dégager de mes bras en criant :

— Vous me faites mal avec votre barbe.

Alors, je l'ai replacée sur mes genoux, en la couvant des yeux, et puis je l'ai questionnée.

— Marie, sais-tu lire ?

— Oui, a-t-elle répondu. Je sais bien lire. Maman me fait lire mes lettres.

— Voyons, lis un peu, lui ai-je dit en lui montrant un papier qu'elle tenait chiffonné dans une de ses petites mains.

Elle a hoché sa jolie tête.

— Ah bien ! je ne sais lire que des fables.

— Essaie toujours. Voyons, lis.

Elle a déployé le papier, et s'est mise à épeler avec son doigt :

— A. R. *ar,* R. E. T, *rêt,* ARRÊT...

Je lui ai arraché cela des mains. C'est ma sentence de mort qu'elle me lisait. Sa bonne avait eu le papier pour un sou. Il me coûtait plus cher, à moi.

Il n'y a pas de paroles pour ce que j'éprouvais. Ma violence l'avait effrayée ; elle pleurait presque. Tout à coup elle m'a dit :

— Rendez-moi donc mon papier, tiens ! c'est pour jouer.

Je l'ai remise à sa bonne.

— Emportez-la.

Et je suis retombé sur ma chaise, sombre, désert, désespéré. À présent ils devraient venir ; je ne tiens plus à rien ; la dernière fibre de mon cœur est brisée. Je suis bon pour ce qu'ils vont faire.

XLIV

Le prêtre est bon, le gendarme aussi. Je crois qu'ils ont versé une larme quand j'ai dit qu'on m'emportât mon enfant.

C'est fait. Maintenant il faut que je me roidisse en moi-même, et que je pense fermement au bourreau, à la charrette, aux gendarmes, à la foule sur le pont, à la foule sur le quai, à la foule aux fenêtres, et à ce qu'il y aura exprès pour moi sur cette lugubre place de Grève, qui pourrait être pavée des têtes qu'elle a vues tomber.

Je crois que j'ai encore une heure pour m'habituer à tout cela.

XLV

Tout ce peuple rira, battra des mains, applaudira. Et parmi tous ces hommes, libres et inconnus des geôliers, qui courent pleins de joie à une exécution, dans cette foule de tête qui couvrira la place, il y aura plus d'une tête prédestinée qui suivra la mienne tôt ou tard dans le panier rouge. Plus d'un qui y vient pour moi y viendra pour soi.

Pour ces êtres fatals, il y a sur un certain point de la place de Grève un lieu fatal, un centre d'attraction, un piège. Ils tournent autour jusqu'à ce qu'ils y soient.

XLVI

Ma petite Marie ! — On l'a remmenée jouer ; elle regarde la foule par la portière du fiacre, et ne pense déjà plus à ce *monsieur*.

Peut-être aurais-je encore le temps d'écrire quelques pages pour elle, afin qu'elle les lise un jour, et qu'elle pleure dans quinze ans pour aujourd'hui.

Oui, il faut qu'elle sache par moi mon histoire, et pourquoi le nom que je lui laisse est sanglant.

XLVII

MON HISTOIRE [1]

Note de l'éditeur. — *On n'a pu encore retrouver les feuillets qui se rattachaient à celui-ci. Peut-être, comme ceux qui suivent semblent l'indiquer, le con-*

1. Voir la note 1 de la page 30.

damné n'a-t-il pas eu le temps de les écrire. Il était tard quand cette pensée lui est venue.

XLVIII

D'une chambre de l'hôtel de ville.

De l'hôtel de ville !... — Ainsi j'y suis. Le trajet exécrable est fait. La place est là, et au-dessous de la fenêtre l'horrible peuple qui aboie, et m'attend, et rit.

J'ai eu beau me roidir, beau me crisper, le cœur m'a failli. Quand j'ai vu au-dessus des têtes ces deux bras rouges, avec leur triangle noir au bout, dressés entre les deux lanternes du quai, le cœur m'a failli. J'ai demandé à faire une dernière déclaration. On m'a déposé ici, et l'on est allé chercher quelque procureur du roi. Je l'attends, c'est toujours cela de gagné.

Voici :

Trois heures sonnaient, on est venu m'avertir qu'il était temps. J'ai tremblé, comme si j'eusse pensé à autre chose depuis six heures, depuis six semaines, depuis six mois. Cela m'a fait l'effet de quelque chose d'inattendu.

Ils m'ont fait traverser leurs corridors et descendre leurs escaliers. Ils m'ont poussé entre deux guichets du rez-de-chaussée, salle sombre, étroite, voûtée, à peine éclairée d'un jour de pluie et de brouillard. Une chaise était au milieu. Ils m'ont dit de m'asseoir ; je me suis assis.

Il y avait près de la porte et le long des murs quelques personnes debout, outre le prêtre et les gendarmes, et il y avait aussi trois hommes.

Le premier, le plus grand, le plus vieux, était gras et avait la face rouge. Il portait une redingote et un chapeau à trois cornes déformé. C'était lui.

C'était le bourreau, le valet de la guillotine. Les deux autres étaient ses valets, à lui.

À peine assis, les deux autres se sont approchés de moi, par-derrière, comme des chats ; puis tout à coup j'ai senti un froid d'acier dans mes cheveux, et les ciseaux ont grincé à mes oreilles.

Mes cheveux, coupés au hasard, tombaient par mèches sur mes épaules, et l'homme au chapeau à trois cornes les époussetait doucement avec sa grosse main.

Autour, on parlait à voix basse.

Il y avait un grand bruit au-dehors, comme un frémissement qui ondulait dans l'air. J'ai cru d'abord que c'était la rivière ; mais, à des rires qui éclataient, j'ai reconnu que c'était la foule.

Un jeune homme, près de la fenêtre, qui écrivait, avec un crayon, sur un portefeuille, a demandé à un des guichetiers comment s'appelait ce qu'on faisait là.

— La toilette du condamné, a répondu l'autre.

J'ai compris que cela serait demain dans le journal.

Tout à coup l'un des valets m'a enlevé ma veste, et l'autre a pris mes deux mains qui pendaient, les a ramenées derrière mon dos, et j'ai senti les nœuds d'une corde se rouler lentement autour de mes poignets rapprochés. En même temps, l'autre détachait ma cravate. Ma chemise de batiste, seul lambeau qui me restât du moi d'autrefois, l'a fait en quelque sorte hésiter un moment ; puis il s'est mis à en couper le col.

À cette précaution horrible, au saisissement de l'acier qui touchait mon cou, mes coudes ont tressailli, et j'ai laissé échapper un rugissement étouffé. La main de l'exécuteur a tremblé.

— Monsieur, m'a-t-il dit, pardon ! Est-ce que je vous ai fait mal ?

Ces bourreaux sont des hommes très doux.

La foule hurlait plus haut au-dehors.

Le gros homme au visage bourgeonné m'a offert à respirer un mouchoir imbibé de vinaigre.

— Merci, lui ai-je dit de la voix la plus forte que j'ai pu, c'est inutile ; je me trouve bien.

Alors l'un d'eux s'est baissé et m'a lié les deux pieds, au moyen d'une corde fine et lâche, qui ne me laissait à faire que de petits pas. Cette corde est venue se rattacher à celle de mes mains.

Puis le gros homme a jeté la veste sur mon dos, et a noué les manches ensemble sous mon menton. Ce qu'il y avait à faire là était fait.

Alors le prêtre s'est approché avec son crucifix.

— Allons, mon fils, m'a-t-il dit.

Les valets m'ont pris sous les aisselles. Je me suis levé, j'ai marché. Mes pas étaient mous et fléchissaient comme si j'avais eu deux genoux à chaque jambe.

En ce moment la porte extérieure s'est ouverte à deux battants. Une clameur furieuse et l'air froid et la lumière blanche ont fait irruption jusqu'à moi dans l'ombre. Du fond du sombre guichet, j'ai vu brusquement tout à la fois, à travers la pluie, les mille têtes hurlantes du peuple entassées pêle-mêle sur la rampe du grand escalier du Palais ; à droite, de plain-pied avec le seuil, un rang de chevaux de gendarmes, dont la porte basse ne me découvrait que les pieds de devant et les poitrails ; en face, un détachement de soldats en bataille ; à gauche, l'arrière d'une charrette, auquel s'appuyait une roide échelle. Tableau hideux, bien encadré dans une porte de prison.

C'est pour ce moment redouté que j'avais gardé mon courage. J'ai fait trois pas, et j'ai paru sur le seuil du guichet.

— Le voilà ! le voilà ! a crié la foule. Il sort ! enfin !

Et les plus près de moi battaient des mains. Si fort qu'on aime un roi, ce serait moins de fête.

C'était une charrette ordinaire, avec un cheval étique, et un charretier en sarrau bleu à dessins rouges, comme ceux des maraîchers des environs de Bicêtre.

Le gros homme en chapeau à trois cornes est monté le premier.

— Bonjour, monsieur Samson ! criaient des enfants pendus à des grilles.

Un valet l'a suivi.

— Bravo, Mardi ! ont crié de nouveau les enfants.

Ils se sont assis tous deux sur la banquette de devant.

C'était mon tour. J'ai monté d'une allure assez ferme.

— Il va bien ! a dit une femme à côté des gendarmes.

Cet atroce éloge m'a donné du courage. Le prêtre est venu se placer auprès de moi. On m'avait assis sur la banquette de derrière, le dos tourné au cheval. J'ai frémi de cette dernière attention.

Ils mettent de l'humanité là-dedans.

J'ai voulu regarder autour de moi. Gendarmes devant, gendarmes derrière ; puis de la foule, de la foule, et de la foule ; une mer de têtes sur la place.

Un piquet de gendarmerie à cheval m'attendait à la porte de la grille du Palais.

L'officier a donné l'ordre. La charrette et son cortège se sont mis en mouvement, comme poussés en avant par un hurlement de la populace.

On a franchi la grille. Au moment où la charrette a tourné vers le Pont-au-Change, la place a éclaté en bruit, du pavé aux toits, et les ponts et les quais ont répondu à faire un tremblement de terre.

C'est là que le piquet qui attendait s'est rallié à l'escorte.

— Chapeaux bas ! chapeaux bas ! criaient mille bouches ensemble. — Comme pour le roi.

Alors j'ai ri horriblement aussi, moi, et j'ai dit au prêtre :

— Eux les chapeaux, moi la tête.

On allait au pas.

Le quai aux Fleurs embaumait ; c'est jour de marché. Les marchands ont quitté leurs bouquets pour moi.

Vis-à-vis, un peu avant la tour carrée qui fait le

coin du Palais, il y a des cabarets, dont les entresols étaient pleins de spectateurs heureux de leurs belles places. Surtout des femmes. La journée doit être bonne pour les cabaretiers.

On louait des tables, des chaises, des échafaudages, des charrettes. Tout pliait de spectateurs. Des marchands de sang humain criaient à tue-tête :

— Qui veut des places ?

Une rage m'a pris contre ce peuple. J'ai eu envie de leur crier :

— Qui veut la mienne ?

Cependant la charrette avançait. À chaque pas qu'elle faisait, la foule se démolissait derrière elle, et je la voyais de mes yeux égarés qui s'allait reformer plus loin sur d'autres points de mon passage.

En entrant sur le Pont-au-Change, j'ai par hasard jeté les yeux à ma droite en arrière. Mon regard s'est arrêté sur l'autre quai, au-dessus des maisons, à une tour noire, isolée, hérissée de sculptures, au sommet de laquelle je voyais deux monstres de pierre assis de profil. Je ne sais pourquoi j'ai demandé au prêtre ce que c'était que cette tour.

— Saint-Jacques-la-Boucherie, a répondu le bourreau.

J'ignore comment cela se faisait ; dans la brume, et malgré la pluie fine et blanche qui rayait l'air comme un réseau de fils d'araignée, rien de ce qui se passait autour de moi ne m'a échappé. Chacun de ces détails m'apportait sa torture. Les mots manquent aux émotions.

Vers le milieu de ce Pont-au-Change, si large et si

encombré que nous cheminions à grand-peine l'horreur m'a pris violemment. J'ai craint de défaillir, dernière vanité ! Alors je me suis étourdi moi-même pour être aveugle et pour être sourd à tout, excepté au prêtre, dont j'entendais à peine les paroles entre-coupées de rumeurs.

J'ai pris le crucifix et je l'ai baisé.

— Ayez pitié de moi, ai-je dit, ô mon Dieu ! — Et j'ai tâché de m'abîmer dans cette pensée.

Mais chaque cahot de la dure charrette me secouait. Puis tout à coup je me suis senti un grand froid. La pluie avait traversé mes vêtements, et mouillait la peau de ma tête à travers mes cheveux coupés et courts.

— Vous tremblez de froid, mon fils ? m'a demandé le prêtre.

— Oui, ai-je répondu.

Hélas ! pas seulement de froid.

Au détour du pont, des femmes m'ont plaint d'être si jeune.

Nous avons pris le fatal quai. Je commençais à ne plus voir, à ne plus entendre. Toutes ces voix, toutes ces têtes aux fenêtres, aux portes, aux grilles des boutiques, aux branches des lanternes : ces spectateurs avides et cruels ; cette foule où tous me connaissent et où je ne connais personne ; cette route pavée et murée de visages humains... J'étais ivre, stupide, insensé. C'est une chose insupportable que le poids de tant de regards appuyés sur vous.

Je vacillais donc sur le banc, ne prêtant même plus d'attention au prêtre et au crucifix.

Dans le tumulte qui m'enveloppait, je ne distinguais plus les cris de pitié des cris de joie, les rires des plaintes, les voix du bruit ; tout cela était une rumeur qui résonnait dans ma tête comme dans un écho de cuivre.

Mes yeux lisaient machinalement les enseignes des boutiques.

Une fois, l'étrange curiosité me prit de tourner la tête et de regarder vers quoi j'avançais. C'était une dernière bravade de l'intelligence. Mais le corps ne voulut pas ; ma nuque resta paralysée et d'avance comme morte.

J'entrevis seulement de côté, à ma gauche, au-delà de la rivière, la tour de Notre-Dame, qui, vue de là, cache l'autre. C'est celle où est le drapeau. Il y avait beaucoup de monde, et qui devait bien voir.

Et la charrette allait, allait, et les boutiques passaient, et les enseignes se succédaient, écrites, peintes, dorées, et la populace riait et trépignait dans la boue, et je me laissais aller, comme à leurs rêves ceux qui sont endormis.

Tout à coup la série des boutiques qui occupait mes yeux s'est coupée à l'angle de la place ; la voix de la foule est devenue plus vaste, plus glapissante, plus joyeuse encore ; la charrette s'est arrêtée subitement, et j'ai failli tomber la face sur les planches. Le prêtre m'a soutenu. — Courage ! a-t-il murmuré. — Alors on a apporté une échelle à l'arrière de la charrette ; il m'a donné le bras, je suis descendu, puis j'ai fait un pas, puis je me suis retourné pour en faire un autre, et je n'ai pu. Entre les deux lanternes du quai, j'avais vu une chose sinistre.

Oh ! c'était la réalité !

Je me suis arrêté, comme chancelant déjà du coup.

— J'ai une dernière déclaration à faire ! ai-je crié faiblement.

On m'a monté ici.

J'ai demandé qu'on me laissât écrire mes dernières volontés. Ils m'ont délié les mains, mais la corde est ici, toute prête, et le reste est en bas.

XLIX

Un juge, un commissaire, un magistrat, je ne sais de quelle espèce, vient de venir. Je lui ai demandé ma grâce en joignant les deux mains et en me traînant sur les deux genoux. Il m'a répondu, en souriant fatalement, si c'est là tout ce que j'avais à lui dire.

— Ma grâce ! ma grâce ! ai-je répété, ou, par pitié, cinq minutes encore !

Qui sait ? elle viendra peut-être ! Cela est si horrible, à mon âge, de mourir ainsi ! Des grâces qui arrivent au dernier moment, on l'a vu souvent. Et à qui fera-t-on grâce, monsieur, si ce n'est à moi ?

Cet exécrable bourreau ! il s'est approché du juge pour lui dire que l'exécution devait être faite à une certaine heure, que cette heure approchait, qu'il était responsable, que d'ailleurs il pleut, et que cela risque de se rouiller.

— Eh, par pitié ! une minute pour attendre ma grâce ! ou je me défends ! je mords !

Le juge et le bourreau sont sortis. Je suis seul.

— Seul avec deux gendarmes.

Oh ! l'horrible peuple avec ses cris d'hyène !

— Qui sait si je ne lui échapperai pas ? si je ne serai pas sauvé ? si ma grâce ?... Il est impossible qu'on ne me fasse pas grâce !

Ah ! les misérables ! il me semble qu'on monte l'escalier...

QUATRE HEURES

NOTE

Nous donnons ci-jointe, pour les personnes curieuses de cette sorte de littérature, la chanson d'argot avec l'explication en regard, d'après une copie que nous avons trouvée dans les papiers du condamné, et dont ce fac-similé reproduit tout, orthographe et écriture. La signification des mots était écrite de la main du condamné ; il y a aussi dans le dernier couplet deux vers intercalés qui semblent de son écriture ; le reste de la complainte est d'une autre main. Il est probable que, frappé de cette chanson, mais ne se la rappelant qu'imparfaitement, il avait cherché à se la procurer, et que copie lui en avait été donnée par quelque calligraphe de la geôle.

La seule chose que ce fac-similé ne reproduise pas, c'est l'aspect du papier de la copie, qui est jaune, sordide et rompu à ses plis.

C'est dans la rue du mail
ou j'ai été Colligé[1] malure
par trois Coquin de rail[2] lir lon fa maturette
Sur mes sique ont foncé[3] lir lon fa maluré

il mon mit la tartouve[4] lir lon fa malurette
grand meudon est aboulé[5] lir lon fa maluré
dans mon trimin[6] rencontre lir lon fa malurette
un peigre[7] du Cartier lir lon fa maluré.

raten dire á ma largue[8] lir lon fa malurett
que je fus enfourraillé[9] lir lon fa maluré
ma largue tout en Colère lir lon fa malurette
m'dit qu'á tu donc morfillé[10] lir lon fa maluré
j'ai fait suer un Chenne[11] lir lon fa malurette
son sauberg j'ai enganté[12] lir lon fa malure
son sauberg et sa toquante[13] lir lon fa malurette
et les ataches de ses[14] lir lon fa malurée

ma largue part pour Versaille lir lon fa malurette
au pieds de sa majesté lir lon fa maluré
elle lui lonce un babillard[15] lir lon fa malurette
pour me faire défourraillé lir lon fa maluré

a si j'en défouraille lir lon fa malurette
ma largue j'antiferé[16] lir lon fa ma luré
je li fere porte fontange lir lon fa malurette
et des souliers galuché[17] lir lon fa malure
Mais grand dabe[18] qui s'fache, lir lon fa maluré,
dit par mon caloquet[19] lir lon fa maluré
je li fere danse une danse lir lon fa malurette
ou il ny á pas de planché lir lon fa maluré

(1) empoigné
(2) archers, obiers, gendarmes
(3) ils se sont jettés sur moi
(4) les menottes
(5) le mouchard est arrivé
(6) Chemin
(7) voleur
(8) ma femme
(9) emprisonné
(10) qu'as tu donc fait?
(11) j'ai tué un homme
(12) j'ai pris son argent
(13) sa montre
(14) ses boucles de souliers
(15) elle lui présente un placet
(16) je passerai, j'atteferai
(17) à galoches
(18) le Roi
(19) ma couronne mon chapeau

PRÉFACE DE 1832

Il n'y avait en tête des premières éditions de cet ouvrage, publié d'abord sans nom d'auteur, que les quelques lignes qu'on va lire :

« Il y a deux manières de se rendre compte de l'existence de ce livre. Ou il y a eu, en effet, une liasse de papiers jaunes et inégaux sur lesquels on a trouvé, enregistrées une à une, les dernières pensées d'un misérable ; ou il s'est rencontré un homme, un rêveur occupé à observer la nature au profit de l'art, un philosophe, un poëte, que sais-je ? dont cette idée a été la fantaisie, qui l'a prise ou plutôt s'est laissé prendre par elle, et n'a pu s'en débarrasser qu'en la jetant dans un livre.

« De ces deux explications, le lecteur choisira celle qu'il voudra. »

Comme on le voit, à l'époque où ce livre fut publié, l'auteur ne jugea pas à propos de dire dès lors toute sa pensée. Il aima mieux attendre qu'elle fût comprise et voir si elle le serait. Elle l'a été. L'auteur aujourd'hui peut démasquer l'idée politique, l'idée sociale, qu'il avait voulu populariser sous cette innocente et candide forme littéraire. Il déclare donc, ou plutôt il avoue hautement que *Le Dernier Jour d'un Condamné* n'est autre chose qu'un plaidoyer, direct ou indirect, comme on voudra, pour l'abolition de la peine de mort. Ce qu'il a eu dessein de faire, ce qu'il voudrait que la postérité vît dans son œuvre, si jamais elle s'occupe de si peu, ce n'est pas la défense spéciale, et toujours facile, et toujours transitoire, de tel ou tel criminel choisi, de tel ou tel accusé d'élection ; c'est la plaidoirie générale et permanente pour tous les accusés présents et à venir ; c'est le grand point de droit de l'humanité allégué et plaidé à toute voix devant la société, qui est la grande cour de cassation ; c'est cette suprême fin de non-recevoir, *abhorrescere a sanguine*[1], construite à tout jamais en avant de tous les procès criminels ; c'est la sombre et fatale question qui palpite obscurément au fond de toutes les causes capitales sous les triples épaisseurs de pathos dont l'enveloppe la rhétorique sanglante des gens du roi ; c'est la question de vie et de mort, dis-je, déshabillée, dénudée, dépouillée des entortillages sonores du parquet, brutalement mise au jour, et posée où il faut qu'on la voie, où il faut qu'elle soit, où elle est réellement, dans son vrai milieu, dans son milieu horrible, non au tribunal, mais à l'échafaud, non chez le juge, mais chez le bourreau.

Voilà ce qu'il a voulu faire. Si l'avenir lui décernait un jour la gloire de l'avoir fait, ce qu'il n'ose espérer, il ne voudrait pas d'autre couronne.

1. *Abhorrescere a sanguine* : « avoir horreur du sang ».

Il le déclare donc, et il le répète, il occupe, au nom de tous les accusés possibles, innocents ou coupables, devant toutes les cours, tous les prétoires, tous les jurys, toutes les justices. Ce livre est adressé à quiconque juge. Et pour que le plaidoyer soit aussi vaste que la cause, il a dû, et c'est pour cela que *Le Dernier Jour d'un Condamné* est ainsi fait, élaguer de toutes parts dans son sujet le contingent, l'accident, le particulier, le spécial, le relatif, le modifiable, l'épisode, l'anecdote, l'événement, le nom propre, et se borner (si c'est là se borner) à plaider la cause d'un condamné quelconque, exécuté un jour quelconque, pour un crime quelconque[1]. Heureux si, sans autre outil que sa pensée, il a fouillé assez avant pour faire saigner un cœur sous l'*æs triplex*[2] du magistrat ! heureux s'il a rendu pitoyables ceux qui se croient justes ! heureux si, à force de creuser dans le juge, il a réussi quelquefois à y retrouver un homme !

Il y a trois ans, quand ce livre parut, quelques personnes imaginèrent que cela valait la peine d'en contester l'idée à l'auteur. Les uns supposèrent un livre anglais, les autres un livre américain[3]. Singulière manie de chercher à mille lieues les origines des choses, et de faire couler des sources du Nil le ruisseau qui lave votre rue ! Hélas ! il n'y a en ceci ni livre anglais, ni livre américain, ni livre chinois. L'auteur a

1. Hugo fournit ici les raisons pour lesquelles il s'est abstenu de rédiger l'*histoire* du condamné.
2. *Æs triplex* : « Triple cuirasse d'airain ».
3. Allusion à des articles traitant du même sujet, fort débattu à l'époque.

pris l'idée du *Dernier Jour d'un Condamné*, non dans
un livre, il n'a pas l'habitude d'aller chercher ses
idées si loin, mais là où vous pouviez tous la prendre,
où vous l'aviez prise peut-être (car qui n'a pas fait ou
rêvé dans son esprit *Le Dernier Jour d'un Condamné ?*), tout bonnement sur la place publique, sur la
place de Grève. C'est là qu'un jour en passant il a
ramassé cette idée fatale, gisante dans une mare de
sang sous les rouges moignons de la guillotine.

Depuis, chaque fois qu'au gré des funèbres jeudis
de la cour de cassation, il arrivait un de ces jours où
le cri d'un arrêt de mort se fait dans Paris, chaque
fois que l'auteur entendait passer sous ses fenêtres
ces hurlements enroués qui ameutent des spectateurs
pour la Grève, chaque fois, la douloureuse idée lui
revenait, s'emparait de lui, lui emplissait la tête de
gendarmes, de bourreaux et de foule, lui expliquait
heure par heure les dernières souffrances du misérable agonisant, — en ce moment on le confesse, en ce
moment on lui coupe les cheveux, en ce moment on
lui lie les mains, — le sommait, lui pauvre poëte, de
dire tout cela à la société, qui fait ses affaires pendant
que cette chose monstrueuse s'accomplit, le pressait,
le poussait, le secouait, lui arrachait ses vers de l'esprit, s'il était en train d'en faire, et les tuait à peine
ébauchés, barrait tous ses travaux, se mettait en travers de tout, l'investissait, l'obsédait, l'assiégeait.
C'était un supplice, un supplice qui commençait avec
le jour, et qui durait, comme celui du misérable qu'on
torturait au même moment, jusqu'à *quatre heures*.
Alors seulement, une fois le *ponens caput expiravit* [1]

1. *Ponens caput expiravit* : « Penchant la tête, il expira. »

crié par la voix sinistre de l'horloge, l'auteur respirait et retrouvait quelque liberté d'esprit. Un jour enfin, c'était, à ce qu'il croit, le lendemain de l'exécution d'Ulbach, il se mit à écrire ce livre. Depuis lors il a été soulagé. Quand un de ces crimes publics, qu'on nomme exécutions judiciaires, a été commis, sa conscience lui a dit qu'il n'en était plus solidaire ; et il n'a plus senti à son front cette goutte de sang qui rejaillit de la Grève sur la tête de tous les membres de la communauté sociale.

Toutefois, cela ne suffit pas. Se laver les mains est bien, empêcher le sang de couler serait mieux.

Aussi ne connaîtrait-il pas de but plus élevé, plus saint, plus auguste que celui-là : concourir à l'abolition de la peine de mort. Aussi est-ce du fond du cœur qu'il adhère aux vœux et aux efforts des hommes généreux de toutes les nations qui travaillent depuis plusieurs années à jeter bas l'arbre patibulaire, le seul arbre que les révolutions ne déracinent pas. C'est avec joie qu'il vient à son tour, lui chétif, donner son coup de cognée, et élargir de son mieux l'entaille que Beccaria a faite, il y a soixante-six ans, au vieux gibet dressé depuis tant de siècles sur la chrétienté[1].

Nous venons de dire que l'échafaud est le seul édifice que les révolutions ne démolissent pas. Il est rare, en effet, que les révolutions soient sobres de sang humain, et, venues qu'elles sont pour émonder, pour ébrancher, pour éfêter la société, la peine de

1. César Bonesana, marquis de Beccaria (1738-1794), auteur d'un traité *Dei delitti e delle pene* (1763-1764) traduit en français sous les titres *Traité des délits et des peines* ou *Des délits et des peines* et favorable à un adoucissement du droit pénal.

mort est une des serpes dont elles se dessaisissent le plus malaisément.

Nous l'avouerons cependant, si jamais révolution nous parut digne et capable d'abolir la peine de mort, c'est la révolution de juillet. Il semble, en effet, qu'il appartenait au mouvement populaire le plus clément des temps modernes de raturer la pénalité barbare de Louis XI, de Richelieu et de Robespierre, et d'inscrire au front de la loi l'inviolabilité de la vie humaine. 1830 méritait de briser le couperet de 93.

Nous l'avons espéré un moment. En août 1830, il y avait tant de générosité et de pitié dans l'air, un tel esprit de douceur et de civilisation flottait dans les masses, on se sentait le cœur si bien épanoui par l'approche d'un bel avenir, qu'il nous sembla que la peine de mort était abolie de droit, d'emblée, d'un consentement tacite et unanime, comme le reste des choses mauvaises qui nous avaient gênés. Le peuple venait de faire un feu de joie des guenilles de l'ancien régime. Celle-là était la guenille sanglante. Nous la crûmes dans le tas. Nous la crûmes brûlée comme les autres. Et pendant quelques semaines, confiant et crédule, nous eûmes foi pour l'avenir à l'inviolabilité de la vie comme à l'inviolabilité de la liberté.

Et en effet deux mois s'étaient à peine écoulés qu'une tentative fut faite pour résoudre en réalité légale l'utopie sublime de César Bonesana.

Malheureusement, cette tentative fut gauche, maladroite, presque hypocrite, et faite dans un autre intérêt que l'intérêt général.

Au mois d'octobre 1830, on se le rappelle, quelques jours après avoir écarté par l'ordre du jour la proposition d'ensevelir Napoléon sous la colonne, la Chambre tout entière se mit à pleurer et à bramer. La question de la peine de mort fut mise sur le tapis, nous allons dire quelques lignes plus bas à quelle occasion ; et alors il sembla que toutes ces entrailles de législateurs étaient prises d'une subite et merveilleuse miséricorde. Ce fut à qui parlerait, à qui gémirait, à qui lèverait les mains au ciel. La peine de mort, grand Dieu ! quelle horreur ! Tel vieux procureur général, blanchi dans la robe rouge, qui avait mangé toute sa vie le pain trempé de sang des réquisitoires, se composa tout à coup un air piteux et attesta les dieux qu'il était indigné de la guillotine. Pendant deux jours la tribune ne désemplit pas de harangueurs en pleureuses. Ce fut une lamentation, une myriologie[1], un concert de psaumes lugubres, un *Super flumina Babylonis*[2], un *Stabat mater dolorosa*[3], une grande symphonie en *ut*, avec chœurs, exécutée par tout cet orchestre d'orateurs qui garnit les premiers bancs de la Chambre, et rend de si beaux sons dans les grands jours. Tel vint avec sa basse, tel avec son fausset. Rien n'y manqua. La chose fut on ne peut plus pathétique et pitoyable. La séance de nuit surtout fut tendre, paterne et déchirante comme un cinquième

---

1. Chant de deuil que, dans la Grèce moderne, les femmes improvisent sur les corps de leurs parents.
2. *Super flumina Babylonis* : « auprès des fleuves de Babylone » (Psaume 137, 1).
3. *Stabat mater dolorosa* : « la mère douloureuse se tient debout » (Jean, XIX, 25).

acte de Lachaussée[1]. Le bon public, qui n'y comprenait rien, avait les larmes aux yeux[*].

De quoi s'agissait-il donc ? d'abolir la peine de mort ?

Oui et non.

Voici le fait :

Quatre hommes du monde, quatre hommes comme il faut, de ces hommes qu'on a pu rencontrer dans un salon, et avec qui peut-être on a échangé quelques paroles polies ; quatre de ces hommes, dis-je, avaient tenté, dans les hautes régions politiques, un de ces coups hardis que Bacon appelle *crimes*, et que Machiavel appelle *entreprises*. Or, crime ou entreprise, la loi, brutale pour tous, punit cela de mort. Et les quatre malheureux étaient là, prisonniers, captifs de la loi, gardés par trois cents cocardes tricolores sous les belles ogives de Vincennes. Que faire et comment faire ? Vous comprenez qu'il est impossible d'envoyer à la Grève, dans une charrette, ignoblement liés avec de grosses cordes, dos à dos avec ce fonctionnaire qu'il ne faut pas seulement nommer, quatre hommes comme vous et moi, quatre *hommes du monde* ? Encore s'il y avait une guillotine en acajou !

___

[*] Nous ne prétendons pas envelopper dans le même dédain *tout* ce qui a été dit à cette occasion à la Chambre. Il s'est bien prononcé çà et là quelques belles et dignes paroles. Nous avons applaudi, comme tout le monde, au discours grave et simple de M. de Lafayette, et, dans une autre nuance, à la remarquable improvisation de M. Villemain.

[1]. Pierre-Claude Nivelle de La Chaussée (1692-1754). Il créa un genre dramatique qu'on appela par dérision la « comédie larmoyante ».

Hé ! il n'y a qu'à abolir la peine de mort !

Et là-dessus, la Chambre se met en besogne.

Remarquez, messieurs, qu'hier encore vous traitiez cette abolition d'utopie, de théorie, de rêve, de folie, de poésie. Remarquez que ce n'est pas la première fois qu'on cherche à appeler votre attention sur la charrette, sur les grosses cordes et sur l'horrible machine écarlate, et qu'il est étrange que ce hideux attirail vous saute ainsi aux yeux tout à coup.

Bah ! c'est bien de cela qu'il s'agit ! Ce n'est pas à cause de vous, peuple, que nous abolissons la peine de mort, mais à cause de nous, députés qui pouvons être ministres. Nous ne voulons pas que la mécanique de Guillotin morde les hautes classes. Nous la brisons. Tant mieux si cela arrange tout le monde, mais nous n'avons songé qu'à nous. Ucalégon brûle[1]. Éteignons le feu, supprimons le bourreau, biffons le code.

Et c'est ainsi qu'un alliage d'égoïsme altère et dénature les plus belles combinaisons sociales. C'est la veine noire dans le marbre blanc ; elle circule partout, et apparaît à tout moment à l'improviste sous le ciseau. Votre statue est à refaire.

Certes, il n'est pas besoin que nous le déclarions ici, nous ne sommes pas de ceux qui réclamaient les têtes des quatre ministres. Une fois ces infortunés arrêtés, la colère indignée que nous avait inspirée leur attentat s'est changée, chez nous comme chez tout le monde, en une profonde pitié. Nous avons songé aux

1. « *Jam proximus ardet Ucalegon* » (*Énéide*, II, 311-312).

préjugés d'éducation de quelques-uns d'entre eux, au cerveau peu développé de leur chef[1], relaps fanatique et obstiné des conspirations de 1804[1], blanchi avant l'âge sous l'ombre humide des prisons d'état, aux nécessités fatales de leur position commune, à l'impossibilité d'enrayer sur cette pente rapide où la monarchie s'était lancée elle-même à toute bride le 8 août 1829[2], à l'influence trop peu calculée par nous jusqu'alors de la personne royale, surtout à la dignité que l'un d'entre eux répandait comme un manteau de pourpre sur leur malheur. Nous sommes de ceux qui leur souhaitaient bien sincèrement la vie sauve, et qui étaient prêts à se dévouer pour cela. Si jamais, par impossible, leur échafaud eût été dressé un jour en Grève, nous ne doutons pas, et si c'est une illusion nous ne voulons la conserver, nous ne doutons pas qu'il n'y eût eu une émeute pour le renverser, et celui qui écrit ces lignes eût été de cette sainte émeute. Car, il faut bien le dire aussi, dans les crises sociales, de tous les échafauds, l'échafaud politique est le plus abominable, le plus funeste, le plus vénéneux, le plus nécessaire à extirper. Cette espèce de guillotine-là prend racine dans le pavé, et en peu de temps repousse de bouture sur tous les points du sol.

En temps de révolution, prenez garde à la première tête qui tombe. Elle met le peuple en appétit.

1. Leur chef, Jules de Polignac. Jean Massin note : « Il voyait souvent la Sainte Vierge lui apparaître pour lui dicter sa politique ; Charles X disait tranquillement : "Cette nuit, Jules a encore vu la Sainte Vierge." »

2. Date de la constitution d'un nouveau ministère ultra (Coblentz-Waterloo-1815) avec Polignac aux Affaires étrangères, Bourmont à la Guerre, La Bourdonnaye à l'Intérieur.

Nous étions donc personnellement d'accord avec ceux qui voulaient épargner les quatre ministres, et d'accord de toutes manières, par les raisons sentimentales comme par les raisons politiques. Seulement, nous eussions mieux aimé que la Chambre choisît une autre occasion pour proposer l'abolition de la peine de mort.

Si on l'avait proposée, cette souhaitable abolition, non à propos de quatre ministres tombés des Tuileries à Vincennes, mais à propos du premier voleur de grands chemins venu, à propos d'un de ces misérables que vous regardez à peine quand ils passent près de vous dans la rue, auxquels vous ne parlez pas, dont vous évitez instinctivement le coudoiement poudreux ; malheureux dont l'enfance déguenillée a couru pieds nus dans la boue des carrefours, grelottant l'hiver au rebord des quais, se chauffant au soupirail des cuisines de M. Véfour chez qui vous dînez, déterrant çà et là une croûte de pain dans un tas d'ordures et l'essuyant avant de la manger, grattant tout le jour le ruisseau avec un clou pour y trouver un liard, n'ayant d'autre amusement que le spectacle gratis de la fête du roi et les exécutions en Grève, cet autre spectacle gratis ; pauvres diables, que la faim pousse au vol, et le vol au reste ; enfants déshérités d'une société marâtre, que la maison de force prend à douze ans, le bagne à dix-huit, l'échafaud à quarante ; infortunés qu'avec une école et un atelier vous auriez pu rendre bons, moraux, utiles, et dont vous ne savez que faire, les versant, comme un fardeau inutile, tantôt dans la rouge fourmilière de Toulon, tantôt dans le muet enclos de Clamart, leur retranchant la vie après leur avoir volé la liberté ; si c'eût été à propos d'un de ces hommes que vous eussiez proposé d'abolir la peine de mort, oh ! alors, votre séance eût été vraiment digne, grande, sainte, majestueuse, vénérable. Depuis les augustes pères de Trente, invitant les hérétiques au concile au nom des entrailles de Dieu, *per viscera Dei*, parce qu'on espère leur conversion, *quoniam sancta synodus sperat hæreticorum conversionem*[1], jamais assemblée d'hommes n'aurait présenté au monde spectacle plus sublime, plus illustre et plus miséricordieux. Il a toujours appartenu à ceux qui sont vraiment forts et vraiment grands d'avoir souci du faible et du petit. Un conseil de brahmines serait beau prenant en main la cause du paria. Et ici, la cause du paria, c'était la cause du peuple. En abolissant la peine de mort, à cause de lui et sans attendre que vous fussiez intéressés dans la question, vous faisiez plus qu'une œuvre politique, vous faisiez une œuvre sociale.

Tandis que vous n'avez pas même fait une œuvre politique en essayant de l'abolir, non pour l'abolir, mais pour sauver quatre malheureux ministres pris la main dans le sac des coups d'état !

Qu'est-il arrivé ? c'est que, comme vous n'étiez pas sincères, on a été défiant. Quand le peuple a vu qu'on voulait lui donner le change, il s'est fâché contre toute la question en masse, et, chose remarquable ! il a pris fait et cause pour cette peine de mort dont il

---

supporte pourtant tout le poids. C'est votre mala-
dresse qui l'a amené là. En abordant la question de
biais et sans franchise, vous l'avez compromise pour
longtemps. Vous jouiez une comédie. On l'a sifflée.

Cette farce pourtant, quelques esprits avaient eu la
bonté de la prendre au sérieux. Immédiatement après
la fameuse séance, ordre avait été donné aux procureurs généraux, par un garde des sceaux honnête
homme, de suspendre indéfiniment toutes exécutions
capitales. C'était en apparence un grand pas. Les ad-
versaires de la peine de mort respirèrent. Mais leur
illusion fut de courte durée.

Le procès des ministres fut mené à fin. Je ne sais
quel arrêt fut rendu. Les quatre vies furent épargnées.
Ham fut choisi comme juste milieu entre la mort et
la liberté. Ces divers arrangements une fois faits,
toute peur s'évanouit dans l'esprit des hommes d'État
dirigeants, et, avec la peur, l'humanité s'en alla. Il ne
fut plus question d'abolir le supplice capital ; et une
fois qu'on n'eut plus besoin d'elle, l'utopie redevint
utopie, la théorie, théorie, la poésie, poésie.

Il y avait pourtant toujours dans les prisons quelques malheureux condamnés vulgaires qui se prome-
naient dans les préaux depuis cinq ou six mois, respi-
rant l'air, tranquilles désormais, sûrs de vivre, prenant
leur sursis pour leur grâce. Mais attendez.

Le bourreau, à vrai dire, avait eu grand'peur. Le
jour où il avait entendu les faiseurs de lois parler humanité, philanthropie, progrès, il s'était cru perdu. Il
s'était caché, le misérable, il s'était blotti sous sa
guillotine, mal à l'aise au soleil de juillet comme un

oiseau de nuit en plein jour, tâchant de se faire oublier, se bouchant les oreilles et n'osant souffler. On ne le voyait plus depuis six mois. Il ne donnait plus signe de vie. Peu à peu cependant il s'était rassuré dans ses ténèbres. Il avait écouté du côté des Chambres et n'avait pas entendu prononcer son nom. Plus de ces grands mots sonores dont il avait eu si grande frayeur. Plus de commentaires déclamatoires du *Traité des délits et des peines*. On s'occupait de toute autre chose, de quelque grave intérêt social, d'un chemin vicinal, d'une subvention pour l'Opéra-Comique, ou d'une saignée de cent mille francs sur un budget apoplectique de quinze cents millions. Personne ne songeait plus à lui, coupe-tête. Ce que voyant, l'homme se tranquillise, il met sa tête hors de son trou, et regarde de tous côtés ; il fait un pas, puis deux, comme je ne sais plus quelle souris de La Fontaine, puis il se hasarde à sortir tout à fait de dessous son échafaudage, puis il saute dessus, le raccommode, le restaure, le fourbit, le caresse, le fait jouer, le fait reluire, se remet à suifer la vieille mécanique rouillée que l'oisiveté détraquait ; tout à coup il se retourne, saisit au hasard par les cheveux dans la première prison venue un de ces infortunés qui comptaient sur la vie, le tire à lui, le dépouille, l'attache, le boucle, et voilà les exécutions qui recommencent.

Tout cela est affreux, mais c'est de l'histoire.

Oui, il y a eu un sursis de six mois accordé à de malheureux captifs, dont on a gratuitement aggravé la peine de cette façon en les faisant reprendre à la vie ; puis, sans raison, sans nécessité, sans trop savoir pourquoi, *pour le plaisir*, on a un beau matin révoqué le sursis, et l'on a remis froidement toutes ces créatures humaines en coupe réglée. Eh ! mon Dieu ! je vous le demande, qu'est-ce que cela nous faisait à tous que ces hommes vécussent ? Est-ce qu'il n'y a pas en France assez d'air à respirer pour tout le monde ?

Pour qu'un jour un misérable commis de la chancellerie, à qui cela était égal, se soit levé de sa chaise en disant : — Allons ! personne ne songe plus à l'abolition de la peine de mort. Il est temps de se remettre à guillotiner ! — il faut qu'il se soit passé dans le cœur de cet homme-là quelque chose de bien monstrueux.

Du reste, disons-le, jamais les exécutions n'ont été accompagnées de circonstances plus atroces que depuis cette révocation du sursis de juillet, jamais l'anecdote de la Grève n'a été plus révoltante et n'a mieux prouvé l'exécration de la peine de mort. Ce redoublement d'horreur est le juste châtiment des hommes qui ont remis le code du sang en vigueur. Qu'ils soient punis par leur œuvre. C'est bien fait.

Il faut citer ici deux ou trois exemples de ce que certaines exécutions ont eu d'épouvantable et d'impie. Il faut donner mal aux nerfs aux femmes des procureurs du roi. Une femme, c'est quelquefois une conscience.

Dans le midi, vers la fin du mois de septembre dernier, nous n'avons pas bien présents à l'esprit le lieu, le jour, ni le nom du condamné[1], mais nous les re-

---

1. Pierre Hébrard, exécuté en septembre 1831.

trouverons si l'on conteste le fait, et nous croyons que c'est à Pamiers[1] ; vers la fin de septembre donc, on vient trouver un homme dans sa prison, où il jouait tranquillement aux cartes : on lui signifie qu'il faut mourir dans deux heures, ce qui le fait trembler de tous ses membres, car, depuis six mois qu'on l'oubliait, il ne comptait plus sur la mort ; on le rase, on le tond, on le garrotte, on le confesse ; puis on le brouette entre quatre gendarmes, et à travers la foule, au lieu de l'exécution. Jusqu'ici rien que de simple. C'est comme cela que cela se fait. Arrivé à l'échafaud, le bourreau le prend au prêtre, l'emporte, le ficelle sur la bascule, *l'enfourne*, je me sers ici du mot d'argot, puis il lâche le couperet. Le lourd triangle de fer se détache avec peine, tombe en cahotant dans ses rainures, et, voici l'horrible qui commence, entaille l'homme sans le tuer. L'homme pousse un cri affreux. Le bourreau, déconcerté, relève le couperet et le laisse retomber. Le couperet mord le cou du patient une seconde fois, mais ne le tranche pas. Le patient hurle, la foule aussi. Le bourreau rehisse encore le couperet, espérant mieux du troisième coup. Point. Le troisième coup fait jaillir un troisième ruisseau de sang de la nuque du condamné, mais ne fait pas tomber la tête. Abrégeons. Le couteau remonta et retomba cinq fois, cinq fois il entama le condamné, cinq fois le condamné hurla sous le coup et secoua sa tête vivante en criant grâce ! Le peuple indigné prit des pierres et se mit dans sa justice à lapider le misé-

---

1. En réalité à Albi.

rable bourreau. Le bourreau s'enfuit sous la guillotine et s'y tapit derrière les chevaux des gendarmes. Mais vous n'êtes pas au bout. Le supplicié, se voyant seul sur l'échafaud, s'était redressé sur la planche, et là, debout, effroyable, ruisselant de sang, soutenant sa tête à demi coupée qui pendait sur son épaule, il demandait avec de faibles cris qu'on vînt le détacher. La foule, pleine de pitié, était sur le point de forcer les gendarmes et de venir à l'aide du malheureux qui avait subi cinq fois son arrêt de mort. C'est en ce moment-là qu'un valet du bourreau, jeune homme de vingt ans, monte sur l'échafaud, dit au patient de se tourner pour qu'il le délie, et, profitant de la posture du mourant qui se livrait à lui sans défiance, saute sur son dos et se met à lui couper péniblement ce qui lui restait de cou avec je ne sais quel couteau de boucher. Cela s'est fait. Cela s'est vu. Oui.

Aux termes de la loi, un juge a dû assister à cette exécution. D'un signe il pouvait tout arrêter. Que faisait-il donc au fond de sa voiture, cet homme pendant qu'on massacrait un homme ? Que faisait ce punisseur d'assassins, pendant qu'on assassinait en plein jour, sous ses yeux, sous le souffle de ses chevaux, sous la vitre de sa portière ?

Et le juge n'a pas été mis en jugement ! et le bourreau n'a pas été mis en jugement ! Et aucun tribunal ne s'est enquis de cette monstrueuse extermination de toutes les lois sur la personne sacrée d'une créature de Dieu !

Au dix-septième siècle, à l'époque de barbarie du code criminel, sous Richelieu, sous Christophe Fouquet[1], quand M. de Chalais[2] fut mis à mort devant le Bouffay de Nantes par un soldat maladroit qui, au lieu d'un coup d'épée, lui donna trente-quatre coups[*] d'une doloire[3] de tonnelier, du moins cela parut-il irrégulier au parlement de Paris : il y eut enquête et procès, et si Richelieu ne fut pas puni, si Christophe Fouquet ne fut pas puni, le soldat le fut. Injustice sans doute, mais au fond de laquelle il y avait de la justice.

Ici, rien. La chose a eu lieu après juillet, dans un temps de douces mœurs et de progrès, un an après la célèbre lamentation de la Chambre sur la peine de mort. Eh bien ! le fait a passé absolument inaperçu. Les journaux de Paris l'ont publié comme une anecdote. Personne n'a été inquiété. On a su seulement que la guillotine avait été disloquée exprès par quelqu'un *qui voulait nuire à l'exécuteur des hautes œuvres*. C'était un valet du bourreau, chassé par son maître, qui, pour se venger, lui avait fait cette malice.

Ce n'était qu'une espièglerie. Continuons.

À Dijon, il y a trois mois, on a mené au supplice une femme. (Une femme !) Cette fois encore, le couteau du docteur Guillotin a mal fait son service. La tête n'a pas été tout à fait coupée. Alors les valets de l'exécuteur se sont attelés aux pieds de la femme, et,

---

[*] La Porte dit vingt-deux, mais Aubery dit trente-quatre. M. de Chalais cria jusqu'au vingtième.

1. Sans doute s'agit-il de François Fouquet, conseiller d'État sous Richelieu et père du futur surintendant des Finances.

2. Henri de Talleyrand, comte de Chalais, décapité en 1626 pour avoir comploté contre Richelieu.

3. Instrument de tonnelier, à lame très large, servant à travailler et à unir le bois des douves de futailles.

à travers les hurlements de la malheureuse, et à force de tiraillements et de soubresauts, ils lui ont séparé la tête du corps par arrachement.

À Paris, nous revenons au temps des exécutions secrètes. Comme on n'ose plus décapiter en Grève depuis juillet, comme on a peur, comme on est lâche, voici ce qu'on fait. On a pris dernièrement à Bicêtre un homme, un condamné à mort, un nommé Désandrieux, je crois ; on l'a mis dans une espèce de panier traîné sur deux roues, clos de toutes parts, cadenassé et verrouillé ; puis, un gendarme en tête, un gendarme en queue, à petit bruit et sans foule, on a été déposer le paquet à la barrière déserte de Saint-Jacques. Arrivés là, il était huit heures du matin, à peine jour, il y avait une guillotine toute fraîche dressée et pour public quelque douzaine de petits garçons groupés sur les tas de pierres voisins autour de la machine inattendue ; vite, on a tiré l'homme du panier, et, sans lui donner le temps de respirer, furtivement, sournoisement, honteusement, on lui a escamoté sa tête. Cela s'appelle un acte public et solennel de haute justice. Infâme dérision !

Comment donc les gens du roi comprennent-ils le mot civilisation ? Où en sommes-nous ? La justice ravalée aux stratagèmes et aux supercheries ! la loi aux expédients ! monstrueux !

C'est donc une chose bien redoutable qu'un condamné à mort, pour que la société le prenne en traître de cette façon !

Soyons juste pourtant, l'exécution n'a pas été tout à fait secrète. Le matin on a crié et vendu comme de coutume l'arrêt de mort dans les carrefours de Paris. Il paraît qu'il y a des gens qui vivent de cette vente. Vous entendez ? du crime d'un infortuné, de son châtiment, de ses tortures, de son agonie, on fait une denrée, un papier qu'on vend un sou. Concevez-vous rien de plus hideux que ce sou, vert-de-grisé dans le sang ? Qui est-ce donc qui le ramasse ?

Voilà assez de faits. En voilà trop. Est-ce que tout cela n'est pas horrible ? Qu'avez-vous à alléguer pour la peine de mort ?

Nous faisons cette question sérieusement : nous la faisons pour qu'on y réponde : nous la faisons aux criminalistes, et non aux lettrés bavards. Nous savons qu'il y a des gens qui prennent l'excellence de la peine de mort pour texte à paradoxe comme tout autre thème. Il y en d'autres qui n'aiment la peine de mort que parce qu'ils haïssent tel ou tel qui l'attaque. C'est pour eux une question quasi littéraire, une question de personnes, une question de noms propres. Ceux-là sont les envieux, qui ne font pas plus faute aux bons jurisconsultes qu'aux grands artistes. Les Joseph Grippa ne manquent pas plus aux Filangieri[1] que les Torregiani[2] aux Michel-Ange et les Scudéry[3] aux Corneille.

Ce n'est pas à eux que nous nous adressons, mais aux hommes de loi proprement dits, aux dialecticiens,

1. Filangieri : économiste italien qui développa des idées proches de celle de Beccaria.
2. Pietro Torrigiani : sculpteur entré dans l'histoire pour avoir brisé d'un coup de poing le nez de Michel-Ange.
3. Georges de Scudéry : médiocre littérateur qui, par jalousie, s'en prit à Corneille.

aux raisonneurs, à ceux qui aiment la peine de mort pour la peine de mort, pour sa beauté, pour sa bonté, pour sa grâce.

Voyons, qu'ils donnent leurs raisons.

Ceux qui jugent et qui condamnent disent la peine de mort nécessaire. D'abord, — parce qu'il importe de retrancher de la communauté sociale un membre qui lui a déjà nui et qui pourrait lui nuire encore. — S'il ne s'agissait que de cela, la prison perpétuelle suffirait. À quoi bon la mort ? Vous objectez qu'on peut s'échapper d'une prison ? faites mieux votre ronde. Si vous ne croyez pas à la solidité des barreaux de fer, comment osez-vous avoir des ménageries ?

Pas de bourreau où le geôlier suffit.

Mais, reprend-on, — il faut que la société se venge, que la société punisse. — Ni l'un, ni l'autre. Se venger est de l'individu, punir est de Dieu.

La société est entre deux. Le châtiment est au-dessus d'elle, la vengeance au-dessous. Rien de si grand et de si petit ne lui sied. Elle ne doit pas « punir pour se venger » ; elle doit *corriger pour améliorer.* Transformez de cette façon la formule des criminalistes, nous la comprenons et nous y adhérons.

Reste la troisième et dernière raison, la théorie de l'exemple. — Il faut faire des exemples ! il faut épouvanter par le spectacle du sort réservé aux criminels ceux qui seraient tentés de les imiter ! — Voilà bien à peu près textuellement la phrase éternelle dont tous les réquisitoires des cinq cents parquets de France ne sont que des variations plus ou moins sonores. Eh bien ! nous nions d'abord qu'il y ait exemple. Nous nions que le spectacle des supplices produise l'effet qu'on en attend. Loin d'édifier le peuple, il le démoralise, et ruine en lui toute sensibilité, partant toute vertu. Les preuves abondent, et encombreraient notre raisonnement si nous voulions en citer. Nous signalerons pourtant un fait entre mille, parce qu'il est le plus récent. Au moment où nous écrivons, il n'a que dix jours de date. Il est du 5 mars, dernier jour du carnaval. À Saint-Pol, immédiatement après l'exécution d'un incendiaire nommé Louis Camus, une troupe de masques est venue danser autour de l'échafaud encore fumant. Faites donc des exemples ! le mardi gras vous rit au nez.

Que si, malgré l'expérience, vous tenez à votre théorie routinière de l'exemple, alors rendez-nous le seizième siècle, soyez vraiment formidables, rendeznous la variété des supplices, rendez-nous Farinacci[1], rendez-nous les tourmenteurs-jurés, rendez-nous le gibet, la roue, le bûcher, l'estrapade, l'essorillement, l'écartèlement, la fosse à enfouir vif, la cuve à bouillir vif ; rendez-nous, dans tous les carrefours de Paris, comme une boutique de plus ouverte parmi les autres, le hideux étal du bourreau, sans cesse garni de chair fraîche. Rendez-nous Montfaucon, ses seize piliers de pierre, ses brutes assises, ses caves à ossements, ses

---

1. Juriconsulte romain (1554-1618). Réputé pour la sévérité de sa magistrature dans l'application des peines, il fut à son tour impliqué dans une affaire de mœurs. Il fut gracié par Clément VIII qui lui aurait dit : « Votre farine est peut-être bonne, mais le sac qui la renferme est bien souillé. »

poutres, ses crocs, ses chaînes, ses brochettes de squelettes, son éminence de plâtre tachetée de corbeaux, ses potences succursales, et l'odeur du cadavre que par le vent du nord-est il répand à larges bouffées sur tout le faubourg du Temple. Rendez-nous dans sa permanence et dans sa puissance ce gigantesque appentis du bourreau de Paris. À la bonne heure ! Voilà de l'exemple en grand. Voilà de la peine de mort bien comprise. Voilà un système de supplices qui a quelque proportion. Voilà qui est horrible, mais qui est terrible.

Ou bien faites comme en Angleterre. En Angleterre, pays de commerce, on prend un contrebandier sur la côte de Douvres, on le pend *pour l'exemple, pour l'exemple* on le laisse accroché au gibet ; mais, comme les intempéries de l'air pourraient détériorer le cadavre, on l'enveloppe soigneusement d'une toile enduite de goudron, afin d'avoir à le renouveler moins souvent. Ô terre d'économie ! goudronner les pendus !

Cela pourtant a encore quelque logique. C'est la façon la plus humaine de comprendre la théorie de l'exemple.

Mais vous, est-ce bien sérieusement que vous croyez faire un exemple quand vous égorgillez misérablement un pauvre homme dans le recoin le plus désert des boulevards extérieurs ? En Grève, en plein jour, passe encore ; mais à la barrière Saint-Jacques ! mais à huit heures du matin ! Qui est-ce qui passe là ? Qui est-ce qui va là ? Qui est-ce qui sait que vous tuez un homme là ? Qui est-ce qui se doute que vous faites un exemple là ? Un exemple pour qui ? Pour les arbres du boulevard, apparemment.

Ne voyez-vous donc pas que vos exécutions publiques se font en tapinois ? Que vous vous cachez ? Ne voyez-vous donc pas de votre œuvre ? Que vous balbutiez ridiculement votre *discite justitiam moniti*[1] ? Qu'au fond vous êtes ébranlés, interdits, inquiets, peu certains d'avoir raison, gagnés par le doute général, coupant des têtes par routine et sans trop savoir ce que vous faites ? Ne sentez-vous pas au fond du cœur que vous avez tout au moins perdu le sentiment moral et social de la mission de sang que vos prédécesseurs, les vieux parlementaires, accomplissaient avec une conscience si tranquille ? La nuit, ne retournez-vous pas plus souvent qu'eux la tête sur votre oreiller ? D'autres avant vous ont ordonné des exécutions capitales, mais ils s'estimaient dans le droit, dans le juste, dans le bien. Jouvenel des Ursins se croyait un juge ; Élie de Thorette se croyait un juge ; Laubardemont, La Reynie et Laffemas eux-mêmes se croyaient des juges[2] ; vous, dans votre for intérieur, vous n'êtes pas bien sûrs de ne pas être des assassins !

Vous quittez la Grève pour la barrière Saint-

1. *Discite justitiam moniti* : « Apprenez la justice par l'exemple. »

2. Victor Hugo donne ici des exemples de magistrats impitoyables qui ont laissé leur nom à l'histoire pour avoir incarné la justice du pouvoir absolu, tel Laubardemont qui fit brûler vif Urbain Grandier à la suite de l'affaire dite des possédées de Loudun, sous Richelieu, ou La Reynie qui présida la Chambre ardente dans l'affaire des poisons, sous Louis XIV.

Jacques, la foule pour la solitude, le jour pour le crépuscule. Vous ne faites plus fermement ce que vous
faites. Vous vous cachez, vous dis-je !

Toutes les raisons pour la peine de mort, les voilà
donc démolies. Voilà tous les syllogismes de parquets
mis à néant. Tous ces copeaux de réquisitoires, les
voilà balayés et réduits en cendres. Le moindre attou-
chement de la logique dissout tous les mauvais rai-
sonnements.

Que les gens du roi ne viennent donc plus nous
demander des têtes, à nous jurés, à nous hommes, en
nous adjurant d'une voix caressante au nom de la société à protéger, de la vindicte publique à assurer, des
exemples à faire. Rhétorique, ampoule, et néant que
tout cela ! un coup d'épingle dans ces hyperboles, et
vous les désenflez. Au fond de ce doucereux ver-
biage, vous ne trouvez que dureté de cœur, cruauté,
barbarie, envie de prouver son zèle, nécessité de gagner ses honoraires. Taisez vous, mandarins ! Sous la
patte de velours du juge on sent les ongles du
bourreau.

Il est difficile de songer de sang-froid à ce que
c'est qu'un procureur royal criminel. C'est un homme
qui gagne sa vie à envoyer les autres à l'échafaud.
C'est le pourvoyeur titulaire des places de Grève. Du
reste, c'est un monsieur qui a des prétentions au style
et aux lettres, qui est beau parleur ou croit l'être, qui
récite au besoin un vers latin ou deux avant de con-
clure à la mort, qui cherche à faire de l'effet, qui intéresse son amour-propre, ô misère ! là où d'autres ont
leur vie engagée, qui a ses modèles à lui, ses types

désespérants à atteindre, ses classiques, son Bellart, son Marchangy[1], comme tel poëte a Racine et tel autre Boileau. Dans le débat, il tire du côté de la guillotine, c'est son rôle, c'est son état. Son réquisitoire, c'est son œuvre littéraire, il le fleurit de métaphores, il le parfume de citations, il faut que cela soit beau à l'audience, que cela plaise aux dames. Il a son bagage de lieux communs encore très neufs pour la province, ses élégances d'élocution, ses recherches, ses raffinements d'écrivain. Il hait le mot propre presque autant que nos poëtes tragiques de l'école de Delille[2]. N'ayez pas peur qu'il appelle les choses par leur nom. Fi donc ! Il a pour toute idée dont la nudité vous révolterait des déguisements complets d'épithètes et d'adjectifs. Il rend M. Samson[3] présentable. Il gaze le couperet. Il estompe la bascule. Il entortille le panier rouge dans une périphrase. On ne sait plus ce que c'est. C'est douceâtre et décent. Vous le représentez-vous, la nuit, dans son cabinet, élaborant à loisir et de son mieux cette harangue qui fera dresser un échafaud dans six semaines ? Le voyez-vous suant sang et eau pour emboîter la tête d'un accusé dans le plus fatal article du code ? Le voyez-vous scier avec

1. Procureurs qui ont requis au cours de célèbres procès, Bellart contre Louvel, assassin du duc de Berry, et Marchangy contre les Quatre Sergents de La Rochelle (voir la note 2 de la page 59).

2. L'abbé Delille (1738-1813) fut considéré comme l'un des plus grands poètes de son temps. Les romantiques critiquèrent sa versification précieuse et encombrée de périphrases.

3. La charge d'exécuteur de haute justice était héréditaire et la famille Samson officia de 1688 à 1847. Le nom fut orthographié Samson par référence au héros biblique et finit par devenir un synonyme de bourreau : un Samson.

une loi mal faite le cou d'un misérable ? Remarquez-vous comme il fait infuser dans un gâchis de tropes et de synecdoches deux ou trois textes vénéneux pour en exprimer et en extraire à grand'peine la mort d'un homme ? N'est-il pas vrai que, tandis qu'il écrit, sous sa table, dans l'ombre, il a probablement le bourreau accroupi à ses pieds, et qu'il arrête de temps en temps sa plume pour lui dire, comme le maître à son chien :

— Paix là ! paix là ! tu vas avoir ton os !

Du reste, dans la vie privée, cet homme du roi peut être un honnête homme, bon père, bon fils, bon mari, bon ami, comme disent toutes les épitaphes du Père-Lachaise.

Espérons que le jour est prochain où la loi abolira ces fonctions funèbres. L'air seul de notre civilisation doit dans un temps donné user la peine de mort.

On est parfois tenté de croire que les défenseurs de la peine de mort n'ont pas bien réfléchi à ce que c'est. Mais pesez donc un peu à la balance de quelque crime que ce soit ce droit exorbitant que la société s'arroge d'ôter ce qu'elle n'a pas donné, cette peine, la plus irréparable des peines irréparables !

De deux choses l'une :

Ou l'homme que vous frappez est sans famille, sans parents, sans adhérents dans ce monde. Et dans ce cas, il n'a reçu ni éducation, ni instruction, ni soins pour son esprit, ni soins pour son cœur ; et alors de quel droit tuez-vous ce misérable orphelin ? Vous le punissez de ce que son enfance a rampé sur le sol sans tige et sans tuteur ! Vous lui imputez à forfait l'isolement où vous l'avez laissé ! De son malheur vous faites son crime ! Personne ne lui a appris à savoir ce qu'il faisait. Cet homme ignore. Sa faute est à sa destinée, non à lui. Vous frappez un innocent.

Ou cet homme a une famille ; et alors croyez-vous que le coup dont vous l'égorgez ne blesse que lui seul ? que son père, que sa mère, que ses enfants, n'en saigneront pas ? Non. En le tuant, vous décapitez toute sa famille. Et ici encore vous frappez des innocents.

Gauche et aveugle pénalité, qui, de quelque côté qu'elle se tourne, frappe l'innocent !

Cet homme, ce coupable qui a une famille, séquestrez-le. Dans sa prison, il pourra travailler encore pour les siens. Mais comment les fera-t-il vivre du fond de son tombeau ? Et songez-vous sans frissonner à ce que deviendront ces petits garçons, ces petites filles, auxquelles vous ôtez leur père, c'est-à-dire leur pain ? Est-ce que vous comptez sur cette famille pour approvisionner dans quinze ans, eux le bagne, elles le musico ? Oh ! les pauvres innocents !

Aux colonies, quand un arrêt de mort tue un esclave, il y a mille francs d'indemnité pour le propriétaire de l'homme. Quoi ! vous dédommagez le maître, et vous n'indemnisez pas la famille ! Ici aussi ne prenez-vous pas un homme à ceux qui le possèdent ? N'est-il pas, à un titre bien autrement sacré que l'esclave vis-à-vis du maître, la propriété de son père, le bien de sa femme, la chose de ses enfants ?

Nous avons déjà convaincu votre loi d'assassinat.

La voici convaincue de vol.

Autre chose encore. L'âme de cet homme, y songez-vous ? Savez-vous dans quel état elle se trouve ? Osez-vous bien l'expédier si lestement ? Autrefois du moins, quelque foi circulait dans le peuple ; au moment suprême, le souffle religieux qui était dans l'air pouvait amollir le plus endurci ; un patient était en même temps un pénitent ; la religion lui ouvrait un monde au moment où la société lui en fermait un autre ; toute âme avait conscience de Dieu ; l'échafaud n'était qu'une frontière du ciel. Mais quelle espérance mettez-vous sur l'échafaud maintenant que la grosse foule ne croit plus ? Maintenant que toutes les religions sont attaquées du dry-rot[1], comme ces vieux vaisseaux qui pourrissent dans nos ports, et qui jadis peut-être ont découvert des mondes ? maintenant que les petits enfants se moquent de Dieu ? De quel droit lancez-vous dans quelque chose dont vous doutez vous-mêmes les âmes obscures de vos condamnés, ces âmes telles que Voltaire et M. Pigault-Lebrun[2] les ont faites ? Vous les livrez à votre aumônier de prison, excellent vieillard sans doute ; mais croit-il et fait-il croire ? Ne grossoie-t-il pas comme une corvée son œuvre sublime ? Est-ce que vous le prenez pour un prêtre, ce bonhomme qui coudoie le bourreau dans la charrette ? Un écrivain plein d'âme et de talent l'a dit avant nous : *C'est une horrible chose de conserver le bourreau après ôté le confesseur !*

Ce ne sont là, sans doute, que des « raisons senti-

1. Pourriture sèche du bois.
2. Littérateur qui mena une vie tumultueuse et publia de nombreuses œuvres à succès ainsi qu'un pamphlet antireligieux, *Le Citateur* (1753-1835).

mentales », comme disent quelques dédaigneux qui ne prennent leur logique que dans leur tête. À nos yeux, ce sont les meilleures. Nous préférons souvent les raisons du sentiment aux raisons de la raison. D'ailleurs les deux séries se tiennent toujours, ne l'oublions pas. Le *Traité des Délits* est greffé sur l'*Esprit des Lois*. Montesquieu a engendré Beccaria.

La raison est pour nous, le sentiment est pour nous, l'expérience est aussi pour nous. Dans les états modèles, où la peine de mort est abolie, la masse des crimes capitaux suit d'année en année une baisse progressive. Pesez ceci.

Nous ne demandons cependant pas pour le moment une brusque et complète abolition de la peine de mort, comme celle où s'était si étourdiment engagée la Chambre des députés. Nous désirons, au contraire, tous les essais, toutes les précautions, tous les tâtonnements de la prudence. D'ailleurs, nous ne voulons pas seulement l'abolition de la peine de mort, nous voulons un remaniement complet de la pénalité sous toutes ses formes, du haut en bas, depuis le verrou jusqu'au couperet, et le temps est un des ingrédients qui doivent entrer dans une pareille œuvre pour qu'elle soit bien faite. Nous comptons développer ailleurs, sur cette matière, le système d'idées que nous croyons applicable. Mais, indépendamment des abolitions partielles pour le cas de fausse monnaie, d'incendie, de vols qualifiés, etc., nous demandons que dès à présent, dans toutes les affaires capitales, le président soit tenu de poser au jury cette question : *L'accusé a-t-il agi par passion ou par intérêt ?* et que, dans le cas où le jury répondrait : *L'accusé a agi par passion*, il n'y ait pas condamnation à mort. Ceci nous épargnerait du moins quelques exécutions révoltantes. Ulbach et Debacker seraient sauvés. On ne guillotinerait plus Othello.

Au reste, qu'on ne s'y trompe pas, cette question de la peine de mort mûrit tous les jours. Avant peu, la société entière la résoudra comme nous.

Que les criminalistes les plus entêtés y fassent attention, depuis un siècle la peine de mort va s'amoindrissant. Elle se fait presque douce. Signe de décrépitude. Signe de faiblesse. Signe de mort prochaine. La torture a disparu. La roue a disparu. La potence a disparu. Chose étrange ! la guillotine elle-même est un progrès.

M. Guillotin était un philanthrope.

Oui, l'horrible Thémis dentue et vorace de Farinace et de Vouglans, de Delancre et d'Isaac Loisel, de d'Oppède et de Machault[1], dépérit. Elle maigrit. Elle se meurt.

Voilà déjà la Grève qui n'en veut plus. La Grève se réhabilite. La vieille buveuse de sang s'est bien conduite en juillet. Elle veut mener désormais meilleure vie et rester digne de sa dernière belle action. Elle qui s'était prostituée depuis trois siècles à tous les échafauds, la pudeur la prend. Elle a honte de son ancien métier. Elle veut perdre son vilain nom. Elle répudie le bourreau. Elle lave son pavé.

À l'heure qu'il est, la peine de mort est déjà hors

---

1. Une nouvelle liste de magistrats implacables. À rapprocher de la note 2 de la page 166.

de Paris. Or, disons-le bien ici, sortir de Paris c est sortir de la civilisation.

Tous les symptômes sont pour nous. Il semble aussi qu'elle se rebute et qu'elle rechigne, cette hideuse machine, ou plutôt ce monstre fait de bois et de fer qui est à Guillotin ce que Galatée est à Pygmalion. Vues d'un certain côté, les effroyables exécutions que nous avons détaillées plus haut sont d'excellents signes. La guillotine hésite. Elle en est à manquer son coup. Tout le vieil échafaudage de la peine de mort se détraque.

L'infâme machine partira de France, nous y comptons, et, s'il plaît à Dieu, elle partira en boitant, car nous tâcherons de lui porter de rudes coups.

Qu'elle aille demander l'hospitalité ailleurs, à quelque peuple barbare, non à la Turquie, qui se civilise, non aux sauvages, qui ne voudraient pas d'elle[*] ; mais qu'elle descende quelques échelons encore de l'échelle de la civilisation, qu'elle aille en Espagne ou en Russie.

L'édifice social du passé reposait sur trois colonnes, le prêtre, le roi, le bourreau. Il y a déjà longtemps qu'une voix a dit : *Les dieux s'en vont !* Dernièrement une autre voix s'est élevée et a crié : *Les rois s'en vont !* Il est temps maintenant qu'une troisième voix s'élève et dise : *Le bourreau s'en va !*

Ainsi l'ancienne société sera tombée pierre à pierre ; ainsi la providence aura complété l'écroulement du passé.

À ceux qui ont regretté les dieux, on a pu dire : Dieu reste. À ceux qui regrettent les rois, on peut dire : la patrie reste. À ceux qui regretteraient le bourreau, on n'a rien à dire.

Et l'ordre ne disparaîtra pas avec le bourreau ; ne le croyez point. La voûte de la société future ne croulera pas pour n'avoir point cette clef hideuse. La civilisation n'est autre chose qu'une série de transformations successives. À quoi donc allez-vous assister ? à la transformation de la pénalité. La douce loi du Christ pénétrera enfin le code et rayonnera à travers. On regardera le crime comme une maladie, et cette maladie aura ses médecins qui remplaceront vos juges, ses hôpitaux qui remplaceront vos bagnes. La liberté et la santé se ressembleront. On versera le baume et l'huile où l'on appliquait le fer et le feu. On traitera par la charité ce mal qu'on traitait par la colère. Ce sera simple et sublime. La croix substituée au gibet. Voilà tout.

15 mars 1832.

DOSSIER

VIE DE VICTOR HUGO

1802. *26 février* : naissance de Victor-Marie Hugo, troisième fils du commandant Hugo.

1803. Naissance d'Adèle Foucher, la future Mme V. Hugo.

1806. Naissance de Julienne Gauvain (Juliette Drouet).

1811. Le général Hugo demande le divorce à la suite de l'arrestation, chez sa femme, du général Lahorie, conspirateur et amant de Mme Hugo.

1812. Premier texte connu de Victor Hugo : *L'Enfer sur terre.*

1815. Victor Hugo est mis en pension chez Cordier, dans l'actuelle rue Gozlin, à Paris. Il compose ses premiers poèmes.

1816. « Je veux être Chateaubriand, ou rien » (authenticité douteuse). Achève *Irtamène*, tragédie.

1817. Il obtient une mention de l'Académie française, commence une tragédie.

1818. Divorce légal des époux Hugo. Il suit les cours du lycée Louis-le-Grand et obtient le 5e accessit de physique au Concours général. Il achève *A.Q.C.H.E.B.*, opéra-comique. Écrit la première version de *Bug-Jargal*, en quinze jours, à la suite d'un pari.

1819. Idylle avec Adèle Foucher. Prix des Jeux floraux de Toulouse pour deux odes d'inspiration royaliste. Les frères Hugo fondent *Le Conservateur littéraire.* Hugo écrit *Inès de Castro*, mélodrame.

1821. Mort de Mme Hugo. Fiançailles secrètes avec Adèle Foucher.

1822. *Odes et Poésies diverses*, parution. Il épouse Adèle Foucher. Son frère, Eugène Hugo, devient fou. Condamnation à mort et exécution en place de Grève des Quatre Sergents de La Rochelle, épisode qui sera évoqué dans *Le Dernier Jour d'un Condamné*.

1823. *Han d'Islande*, parution. Louis XVIII renouvelle la pension accordée en 1822. Naissance et mort du premier fils, Léopold-Victor.

1824. *Les Nouvelles Odes.* Naissance de Léopoldine.

1826. Deuxième version de *Bug-Jargal. Odes et Ballades.* Naissance de Charles.

1827. Hugo achève *Cromwell* et se lie avec Sainte-Beuve. Il écrit la préface de *Cromwell* où se trouve défini le drame romantique. Il fait figure de chef d'école.

1828. Victor Hugo et David d'Angers assistent au ferrement des forçats, à Bicêtre. La scène est décrite dans *Le Dernier Jour d'un Condamné*, écrit la même année. Hugo passe un contrat d'édition avec Gosselin, qui reprend toutes ses œuvres. Naissance de François-Victor.

1829. *Le Dernier Jour d'un Condamné*, publication. *Les Orientales*, publication. Il écrit *Marion Delorme* et *Hernani*.

1830. « Bataille » d'*Hernani* à la Comédie-Française. Hugo commence *Notre-Dame de Paris.* Naissance d'Adèle, dont Sainte-Beuve est le parrain.

1831. *Notre-Dame de Paris*, *Les Feuilles d'automne*, publication. *Marion Delorme*, représentation.

1832. Hugo écrit *Le Roi s'amuse. Lucrèce Borgia.* Il s'installe place Royale (actuel musée Victor-Hugo, place des Vosges). Interdiction de la représentation de *Le Roi s'amuse.*

1833. Hugo rencontre Juliette Drouet, comédienne. Il dévient son amant. *Lucrèce Borgia*, représentation (avec J. Drouet dans un petit rôle). *Marie Tudor*, représentation et publication.

1834. Publications : *Étude sur Mirabeau. Littérature et philosophie mêlées*, *Claude Gueux*. Rupture avec Sainte-Beuve.

1835. Publications : *Angelo, Les Chants du crépuscule*. Représentation d'*Angelo*.

1836. Échec à l'Académie, à deux reprises.

1837. Le frère de Hugo, Eugène, meurt à l'asile de Charenton où il avait été interné. Publication des *Voix intérieures*. Voyage en Belgique avec Juliette Drouet.

1838. Publication de *Ruy Blas*.

1839. Voyage dans l'Est, la Rhénanie et la Provence avec Juliette Drouet.

1840. Hugo, président de la Société des Gens de Lettres, à la suite de Balzac. Nouvel échec à l'Académie. Publication de *Les Rayons et les Ombres*. Voyage avec Juliette Drouet sur les bords du Rhin.

1841. Hugo est élu à l'Académie.

1842. Publication du *Rhin*.

1843. Représentation et publication des *Burgraves*. Voyage en Espagne avec Juliette Drouet. Mariage de Léopoldine avec Charles Vacquerie : quelques mois après, ils se noient à Villequier.

1844. Liaison avec Mme Biard.

1845. Hugo reçoit Sainte-Beuve à l'Académie. Il est nommé pair de France. Léonie Biard et Hugo sont surpris en flagrant délit d'adultère.

1846. Liaison avec Alice Ozy.

1851. Expulsé après le coup d'État, Hugo gagne Bruxelles où il commence *Histoire d'un crime*.

1852. Hugo achève à Bruxelles *Histoire d'un crime*, écrit *Napoléon-le-Petit*, puis gagne Jersey. Il s'installe à Marine-Terrace.

1853. Séances de tables tournantes à Jersey. 23-24 novembre : publication des Châtiments.

1854. Hugo écrit La Fin de Satan.

1855. Mort d'Abel Hugo. Expulsé de Jersey, Hugo gagne Guernesey.

1856. Publication des Contemplations. Hugo s'installe à Hauteville-House.

1859. Publication de La Légende des siècles (1re série).

1861. Hugo gagne Bruxelles. Il achève Les Misérables. Il revient à Guernesey.

1862. Publication des Misérables. Voyage sur les bords du Rhin, recommencé en 1863, 1864, 1865.

1864. Publication de William Shakespeare.

1865. Hugo reste seul à Guernesey avec Juliette Drouet. Il voyage en Belgique et sur les bords du Rhin. Publication des Chansons des rues et des bois.

1866. Publication des Travailleurs de la mer.

1867. Juliette Drouet et Adèle Hugo se rendent visite pour la première fois. Hugo écrit Mangeront-ils ? et La Voix de Guernesey.

1868. Mort d'Adèle Hugo, sa femme, à Bruxelles. Hugo achève L'Homme qui rit.

1870. 5 septembre : Hugo rentre en France après dix-neuf ans d'exil. La première édition française des Châtiments est mise en vente. On en donne lecture publique au théâtre de la Porte-Saint-Martin.

1871. Hugo, élu député à l'Assemblée constituante, rejoint le gouvernement à Bordeaux.
21 mars : Hugo se rend à Bruxelles pour régler la succession de son fils Charles, qui vient de mourir.

1872. Sa fille Adèle, folle, est internée. Publication de L'Année terrible. Liaison avec la femme de chambre de Juliette Drouet.

1873. Hugo achève *Quatrevingt-treize*. Son fils Francois-Victor meurt.

1874. Publication de *Quatrevingt-treize* et de *Mes Fils*.

1875. Publication de *Avant l'Exil* et *Pendant l'Exil*. Hugo rédige son testament littéraire.

1876. Hugo, élu sénateur, prononce un discours pour l'amnistie des Communards. Il écrit l'éloge funèbre de G. Sand et publie *Depuis l'Exil*.

1877. Publication de *La Légende des siècles* (2ᵉ série), de *L'Art d'être grand-père*, d'*Histoire d'un crime*.

1878. *27 juin* : congestion cérébrale : Hugo ne pourra plus écrire que difficilement.

1880. Nouveau discours en faveur de l'amnistie des Communards. Publication de *Religions et Religion* et de *L'Âne*.

1881. Hommage à Hugo : manifestation populaire, séance au Sénat. Publication des *Quatre Vents de l'Esprit*.

1882. Publication de *Torquemada*. Éloge funèbre de Louis Blanc.

1883. Mort de Juliette Drouet. Publication de *La Légende des siècles* (3ᵉ série) et de *L'Archipel de la Manche*.

1885. *15 mai* : congestion pulmonaire. *22 mai*, 13 h 27 : mort de Victor Hugo à son domicile, 130, avenue d'Eylau. *1ᵉʳ juin* : funérailles nationales. Inhumation au Panthéon.

NOTICE

Commencé le 14 novembre 1828 et achevé, deux mois et demi plus tard, le 26 décembre 1828, *Le Dernier Jour d'un Condamné* est la troisième grande prose de Hugo (*Han d'Islande* avait été rédigé en 1823, c'est-a-dire entre les deux versions de *Bug-Jargal*). Il est possible d'affirmer que ce livre joue le rôle d'une véritable charnière dans l'histoire de l'œuvre de Hugo ; l'économie de cette fiction sans précédent représente en outre un jalon de première importance dans l'histoire des littératures occidentales : si l'on tenait à dater l'origine du roman moderne, on pourrait se référer au *Dernier Jour d'un Condamné* tout autant qu'à *Madame Bovary*. Les reproches que la critique traditionnelle adressa à ce livre, dès sa parution, sont à cet égard significatifs. Une formule donne leur ton : ce roman n'en est pas un. L'argument ne vaut rien, mais continue d'être utilisé de nos jours contre nombre de romans contemporains. Œuvre de précurseur, *Le Dernier Jour d'un Condamné* consacre (après *Cromwell, Marion Delorme* et *Hernani*) la majorité littéraire de Hugo. De façon beaucoup plus sensible que dans *Bug-Jargal*, un profond accord a été trouvé par l'auteur entre l'exposé polémique et l'écriture. Il y a au moins deux façons de passer à côté de ce texte majeur :

En premier lieu, on peut ne voir en lui qu'une œuvre

d'imagination quelque peu morbide, aux ressources romanesques singulièrement limitées (répétons-le : c'est ce que fit une grande partie de la critique de l'époque) et pleines de lacunes essentielles. C'est ainsi qu'on fait grief à Hugo d'avoir expurgé son texte de tout élément anecdotique. On ne sait pas *qui* est ce condamné, ni d'où il vient. Ah ! s'il s'agissait d'une version romancée de telle ou telle affaire judiciaire célèbre ; s'il était possible de retrouver à travers l'histoire de cet homme, les faits, les gestes, les traits de quelque guillotiné illustre ; alors on pourrait prendre parti pour ou contre lui, et se passionner au récit. Mais au lieu de cela, nous sommes tenus dans l'ignorance la plus complète. Un monsieur que personne ne connaît bavarde sa mort prochaine et l'on ignore jusqu'au crime qui lui a valu l'échafaud. Et songez que l'histoire de ce crime, on a failli la connaître. Le chapitre XLVII en fait état. On nous dit que le condamné se proposait de l'écrire. Mais voilà, il n'a pas eu le temps, ou bien il a changé d'avis, ou bien encore la liasse de feuillets a été perdue. Quel maladroit subterfuge ! Dérober ainsi au lecteur les éléments qui eussent satisfait sa curiosité, c'est-à-dire, en fait, le priver du mobile même de sa lecture. N'est-ce pas là, sur le plan de la plus élémentaire stratégie narrative, une erreur grave sinon une inconvenance ? À cette première faute s'en ajoute d'ailleurs bientôt une seconde. Après avoir privé son roman de tout ressort dramatique, Hugo ne nous invite-t-il pas à partager, heure par heure, minute après minute, les états d'âme d'un anti-héros, dont la conduite au pied de l'échafaud se révèle particulièrement décevante ? Il aurait pu avoir, en montant sur l'estrade, un de ces mots d'auteur qui passent à la postérité. Bien au contraire il va convaincre les spectateurs (et le lecteur) de sa méprisable médiocrité. Il n'est pas sûr que sa *tête vaille la peine d'être montrée au peuple* (Danton) ni qu'il y eût jamais *quelque chose là !* (Chénier). Tout ce qu'il sait faire, c'est trembler, et pas de froid, comme Malesherbes, mais de peur tout simplement. Effondré, suppliant, il finit par menacer de mordre les gardiens qui le remettent entre les mains du bourreau ! Bref, pas d'intrigue, pas de personnage, pas de fin (puisque la minute ultime vers laquelle tend le récit est absente, et pour cause). En somme, il s'agit d'un anti-roman, et ce sont justement ces considérations qui suggèrent dans quelle perspective il y aurait lieu d'insister sur la modernité de ce livre.

À propos de l'anonymat du condamné, lisons Charles Nodier :

Qu'est-ce, après tout, que ce condamné ? C'est un être abstrait qui se creuse et s'examine en tous sens. C'est un esprit de condamné qui s'analyse et se scrute avec une rigueur et une patience toute métaphysique ; c'est comme un *empirique* qui veut avoir conscience de tout un ordre de phénomènes particuliers qui traversent son âme. Ce criminel n'a pas de passé : il vient là, sans antécédents, sans souvenirs : on dirait qu'il n'a pas vécu avant d'être criminel. [...] On est froid pour cet être qui ne ressemble à personne.

Or s'il ne ressemble à personne, c'est pour mieux ressembler à tout le monde. La réponse de Hugo va, foudroyante, dans ce sens : « Ce qu'il [l'auteur] a eu dessein de faire, ce qu'il voudrait que la postérité vît dans son œuvre, si jamais elle s'occupe de si peu, ce n'est pas la défense spéciale, et toujours facile, de tel ou tel criminel choisi, de tel ou tel accusé d'élection ; c'est la plaidoirie générale et permanente pour tous les accusés présents et à venir. » Et puis cet anonymat a un autre sens ; c'est l'anonymat de toute pensée mourante ; cet anonymat est le vôtre. C'est le mien. « Ah ! insensé, qui crois que je ne suis pas toi », déclare Victor Hugo, s'adressant au lecteur dans la préface des *Contemplations*. Henri Meschonnic a noté, très remarquablement, que *Le Dernier Jour d'un Condamné* a été « écrit pour que chacun se dise :

Insensé, si je crois que tu n'es pas moi. » Cette façon de prendre le lecteur à revers, ce procédé qui consiste à lui faire prendre sa propre personne pour une image quelconque dans un miroir, sont évidemment des nouveautés littéraires considérables dont les répercussions sont sensibles jusqu'à nous. Mais il est une seconde façon de ne pas lire le *Dernier Jour*. C'est de ne voir en lui qu'un réquisitoire contre la peine de mort. Il est cela, certes, mais aussi beaucoup plus que cela. En ce qui concerne le contenu politique du livre, le témoignage de Victor Hugo lui-même est aussi formel qu'essentiel : « [L'auteur] déclare donc, ou plutôt il avoue hautement que *Le Dernier Jour d'un Condamné* n'est autre chose qu'un plaidoyer, direct ou indirect, comme on voudra, pour l'abolition de la peine de mort. » Ici, l'article de Nodier doit être longuement cité :

L'abolition de la peine de mort est une question qui se débat vivement de notre temps, et qui reçoit dans quelques pays des solutions partielles, prémisses d'une solution générale. Depuis que l'état des peuples s'améliore par l'émancipation morale des individus, depuis que la paix et la liberté amènent dans le monde cette civilisation tout intérieure, qui jette moins d'éclat mais qui va plus au fond de l'humanité que les grandes civilisations venues et développées tout d'un jet sous la forte unité du despotisme, les hommes, devenus plus heureux, se retournent avec sympathie vers tous les points de l'état social, s'inquiétant si quelque réparation reste encore à faire, si quelque amélioration attend son tour de venir, et de passer dans le train des choses. Ils veulent que tout se ressente du mieux général, tout, jusqu'au misérable qui a perdu, par l'homicide, le droit d'être compté parmi les hommes.

L'impopularité du code criminel n'est plus une fantaisie de sensibilité pure, mais une opinion de raison et de bonne justice. L'homme a-t-il le droit de faire mourir l'homme ? Voilà comment on entre dans la question. Les considérations du droit naturel veulent être seules en cause, et dans l'abondance des moyens de conviction, on dédaigne presque de persuader et d'apitoyer le législateur. Ainsi procèdent à présent les publicistes et les jurisconsultes, qui seuls paraissent avoir la propriété et comme le monopole de ce grand procès. Pourquoi donc le poète n'y mettrait-il pas la main ? Pourquoi ne plaiderait-il pas pour l'humanité, par la pitié, comme ceux-ci plaident par la raison, par le droit ? M. Victor Hugo a fait son livre dans ce noble dessein, je l'en crois sur parole : et pendant que les avocats battaient en ruine, sur d'autres points, cette vieille cruauté de notre législation, le poète s'est adressé à l'imagination et au cœur, et il a montré tout ce que l'âme d'un homme a de puissance pour souffrir, tout ce qui peut se passer et s'épuiser de douleurs au fond d'un cachot. Cette partie de la question était toute neuve. Elle allait merveilleusement au sombre et énergique talent de Victor Hugo. [...] La question a-t-elle fait un pas de plus vers sa solution ? La peine de mort analysée avec tant de luxe, et mise à nu sous les yeux du lecteur, lui a-t-elle apparu comme une effroyable et inutile barbarie ? Je ne le pense pas.

En résumé, si l'on en croit Nodier, Victor Hugo avait trouvé un excellent sujet, qu'il n'a pas su traiter. Après quoi, il nous donne les raisons de cet échec :

Le but du livre étant manqué, et l'écrivain paraissant seul en scène, on se demande encore pourquoi ce livre ? Beaucoup même s'en tiennent là, et comme ils n'y voient pas de motifs, ils n'y voient pas de talent. Ce sont, disent-ils, de gratuites horreurs. Ils auraient dit tout autrement, je crois, si l'auteur eût fait choix d'un cadre plus vrai.

Imaginez par exemple, un condamné dont le nom eût été crié dans les rues de Paris : un jeune homme comme les jurés en ont vu sur les bancs de la cour d'assise, comme la loi criminelle en envoie trop souvent à la mort, un malheureux qui eût versé le sang dans un mouvement de frénésie, tranquille jusque-là et souvent honnête. Écoutez ce qu'il se dit dans son cachot, et ne parlez pas pour lui. Sa douleur sera de l'étourdissement stupide plutôt que de savants monologues. Dans ses moments de réveil lucide, il ramènera sa pensée en arrière, vers le temps où il était libre, au lieu de la tenir toujours fixée sur sa mort prochaine. Il jugera son jugement à sa manière, mais sans insultes ni moqueries, car la justice des jurés est vénérée en France comme la justice de Dieu. Seulement il se trouvera bien jeune pour mourir sur l'échafaud. Quand il passera dans la charrette, épuisé et abîmé, la pensée nette et distincte cessera en lui. Ce sera le peuple alors qui achèvera le drame, et qui verra tomber la victime, non pas en spectateur féroce, se faisant fête, six semaines d'avance, d'une tête coupée, mais en témoin passionné et sympathique dont la curiosité sera douloureuse et qui s'en reviendra, plus révolté du supplice que du crime tirant ainsi, presque à son insu, une moralité sévère et vraie.

De cette action assez incroyable leçon de littérature que Charles Nodier se croit autorisé à donner à Hugo, on ne retiendra pour leur exactitude, que deux affirmations : à savoir premièrement, que la question de la peine de mort était alors vivement débattue : ensuite, que le sujet « allait merveilleusement au sombre et énergique talent de Victor Hugo ». Le reste n'est qu'un ramassis de sottises qui appellent les remarques suivantes :

L'amélioration de l'état des peuples par l'émancipation morale des individus, que Nodier se plaît à constater, est une notion tout à fait contestable. N'en déplaise au littérateur optimiste, l'humanité n'a pas fini d'exploiter son capital de cruauté. La réalité, ce ne sont pas les considérations lénifiantes de Nodier qui la reflètent, mais les gratuites horreurs du roman de Hugo. Nodier fait état de la bonté et de la politesse du condamné, de la bonté et de la gloire de ses juges, de la bonté émue du public. En fin de compte il n'y aurait que Hugo pour aller chercher des horreurs là où il n'y en a pas. Le comble du ridicule, Nodier l'atteint lorsqu'il suggère que l'auteur aurait dû faire « choix d'un cadre plus vrai ». Nous savons que Hugo n'a pas écrit *Le Dernier Jour d'un Condamné* sur la foi de renseignements de seconde main, mais qu'il s'est déplacé « sur le terrain », sur la place de Grève : « C'est là qu'un jour en passant il a ramassé cette idée fatale, gisante dans une mare de sang sous les rouges moignons de la guillotine. » Il a assisté au ferrement des forçats : il a visité les cellules. Cela, quant aux faits. Mais Nodier va plus loin encore, jusqu'à chicaner Hugo sur la réalité psychologique de son condamné. Celui-ci ne devrait-il pas « ramener sa pensée en arrière, vers le temps où il était libre, au lieu de la tenir toujours fixée sur sa mort prochaine » ? Pensez donc, un homme qui va mourir le lendemain matin et qui ne pense qu'à ça ! Charles Nodier vous le dit, Monsieur Victor Hugo exagère.

Il suffit. Ces mauvaises lectures (il conviendrait d'y adjoindre celle de Jules Janin) sont celles d'une critique effarée, moins par les horreurs décrites que par la nouveauté de la description. Précisément, c'est Jules Janin qui s'écriera : « Figurez-vous une agonie de trois cents pages. » Il n'est plus question de la monstruosité de la peine de mort, mais d'une sorte de monstruosité littéraire, celle qui instaure l'usage de la première personne du singulier, de ce *Je* en train de mourir, voix anonyme qui n'a pas fini de monologuer, de Hugo à Beckett.

*

Il nous a paru judicieux de donner la préface de 1832, *à la suite* du texte et non en tête. Non seulement l'ordre chronologique des rédactions et publications nous y autorise, mais le ton même de cet écrit (ton d'une postface) nous y invite.

Dans les *Documents* qui suivent on trouvera une lettre de Victor Hugo à son éditeur, Gosselin. Ce dernier avait, lui aussi, son avis sur la question du *Dernier Jour d'un Condamné*, et proposait d'importantes modifications au livre. Victor Hugo le remet assez sèchement à sa place, et ce document est éclairant quant aux rapports que Victor Hugo entend avoir avec ses éditeurs.

Le document suivant n'est autre que le chapitre LII du *Victor Hugo raconté par un témoin de sa vie*, d'Adèle Hugo. Il évoque les circonstances dans lesquelles l'horreur fascinée de Hugo pour la guillotine l'amena peu à peu à rédiger le *Dernier Jour*.

Le dernier document est constitué par un fragment du *Prospectus* annonçant l'édition des œuvres complètes de Hugo, chez Gosselin, en janvier 1829. C'est Sainte-Beuve qui a rédigé ce texte.

DOCUMENTS

à Gosselin, le 3 janvier 1829

3 janvier, soir.

Monsieur,

La preuve que je ne prends pas en mauvaise part la lettre que vous me faites l'honneur de m'écrire, c'est que j'y réponds. Il me semble seulement que vous n'avez peut-être pas assez réfléchi en l'écrivant. Si vous avez voulu dire que *Le Dernier Jour d'un Condamné* n'est pas un roman historique, vous avez raison. Je n'ai point voulu faire de roman historique. *Notre-Dame de Paris* sera le premier, mais il y a plusieurs sortes de romans, et l'on pourrait souvent, à mon avis, les classer en deux grandes divisions : romans de faits et romans d'analyse, drames extérieurs et drames intérieurs. *René* ou *Ricca*, *Édouard*, sont de ce dernier genre ; c'est un fait simple et nu avec des développements de pensée. Je ne sache pas que ces livres aient eu moins de succès que d'autres.

Il y a surtout deux ouvrages qu'il est impossible que

vous n'ayez pas lus et que je vous présenterais, comme offrant une frappante analogie avec mon livre, si son principal mérite à mes yeux n'était pas d'être sans modèle. C'est le *Voyage autour de ma chambre* et le *Sentimental Journey* de Sterne. Jamais livre, jamais roman ne se sont plus *vendus* que cela. Jamais on ne s'est avisé de les exclure de la classe des romans.

Je vous sais trop intelligent, Monsieur, pour insister sur ces choses évidentes. Il me semble donc impossible qu'après un moment de réflexion vous hésitiez à voir dans le *Condamné* un roman, et un roman de la nature peut-être la plus populaire et la plus universellement goûtée. Ce n'est donc plus qu'un conseil *littéraire* que vous vous voulez bien me donner d'écrire l'histoire du condamné. Il serait beaucoup trop long de vous déduire dans une lettre pourquoi je ne suivrai pas votre conseil. Nous en causerons si vous voulez bien, et j'espère vous amener vite à mon avis.

Vous devez penser que ce n'est pas sans mûre réflexion que je me suis décidé au parti que j'ai pris. D'ailleurs, vous savez que j'ai, à tort ou à raison, peu de sympathie pour les conseils, et si j'ai quelque originalité, elle vient de là. Si j'avais écouté les conseils, je n'aurais pas fait *Han d'Islande*, et j'aurais peut-être eu raison, mais non pour le libraire. Je vous remercie beaucoup, cependant, du fait pour lequel vous me redressez ; je prendrai des renseignements positifs à ce sujet et j'y aurai certainement égard.

Vous devez aussi avoir mal calculé pour la grosseur du livre. Le manuscrit est un peu plus de la moitié de celui de *Bug-Jargal*, que j'ai conservé. Il y aura, au contraire, un fort volume in-12.

Je vous dirai en terminant, Monsieur, et sans, du reste, vous en faire un reproche, que la lettre que vous m'avez fait l'honneur de m'écrire est la première de ce genre que je reçois. Jusqu'ici — et c'est à regret que je suis forcé de rappeler cela — les libraires, de ma main, avaient pris sans lire. Je ne leur ai jamais ouï-dire qu'ils s'en fussent mal trouvés. J'espère qu'il en sera de même de vous, car je ne crois pas avoir rien fait qui ait plus de chance de vente, et d'autres que moi sont de cet avis. Si cette lettre m'était venue de tout autre, je ne vous cache pas que je n'y eusse point répondu, mais j'ai voulu vous donner ces explications à vous, Monsieur, comme une marque spéciale d'estime et de cordial attachement.

V. HUGO.

P.-S. La gravure est très bien. L'édition in-18 des *Orientales* me paraît imprimée en un caractère bien fin et peu beau. Je voudrais bien causer de tout cela avec vous, ainsi que du *prospectus*... Il importe de mettre vite le *Condamné* sous presse, si vous voulez qu'il paraisse avant la Chambre, ce qui est de la plus haute importance.

V. H.

L'ÉCHAFAUD

M. Victor Hugo s'était trouvé, en 1820, sur le passage de Louvel allant à l'échafaud. L'assassin du duc de Berry n'avait rien qui éveillât la sympathie : il était gros et trapu, avait un nez cartilagineux sur des lèvres minces, et des yeux d'un bleu vitreux. L'auteur de l'ode sur la *Mort du duc de Berry* le haïssait de tout son ultra-royalisme d'enfant. Et cependant, à voir cet homme qui était vivant et bien portant et qu'on allait tuer, il n'avait pu s'empêcher de le plaindre, et il avait senti sa haine pour l'assassin se changer en pitié pour le patient. Il avait réfléchi, avait pour la première fois regardé la peine de mort en face, s'était étonné que la société fît au coupable et de sang-froid, et sans danger, précisément la même chose dont elle le punissait, et avait eu l'idée d'écrire un livre contre la guillotine.

À la fin de l'été de 1825, un après-midi, comme il allait à la bibliothèque du Louvre, il rencontra M. Jules Lefèvre, qui lui prit le bras et l'entraîna sur le quai de la Ferraille. La foule affluait des rues, se dirigeant vers la place de Grève.

— Qu'est-ce donc qui se passe ? demanda-t-il.

— Il se passe qu'on va couper le poing et la tête à un nommé Jean Martin qui a tué son père. Je suis en train de faire un poème où il y a un parricide qu'on exécute, je viens voir exécuter celui-là, mais j'aime autant n'y pas être tout seul.

L'horreur qu'éprouva M. Victor Hugo à la pensée de voir une exécution était une raison de plus de s'y contraindre : l'affreux spectacle l'exciterait à sa guerre projetée contre la peine de mort.

Au pont au Change, la foule était si épaisse qu'il devint difficile d'avancer. MM. Victor Hugo et Jules Lefèvre purent cependant gagner la place. Les maisons regorgeaient de monde. Les locataires avaient invité leurs amis à la *fête* ; on voyait des tables couvertes de fruits et de vins : des fenêtres avaient été louées fort cher : de jeunes femmes venaient s'accouder à l'appui des croisées, verre en main et riant aux éclats, ou minaudant avec des jeunes gens. Mais bientôt la coquetterie cessa pour un plaisir plus vif : la charrette arrivait.

Le patient, le dos tourné au cheval, au bourreau et aux aides, la tête couverte d'un chiffon noir rattaché au cou, ayant pour tout vêtement un pantalon de toile grise et une chemise blanche, grelottait sous une pluie croissante. L'aumônier des prisons, l'abbé Montès, lui parlait et lui faisait baiser un crucifix à travers son voile.

M. Victor Hugo voyait la guillotine de profil : ce n'était pour lui qu'un poteau rouge. Un large emplacement gardé par la troupe isolait l'échafaud : la charrette y entra. Jean Martin descendit, soutenu par les aides, puis, toujours supporté par eux, il gravit l'échelle. L'aumônier monta après lui, puis le greffier, qui lut le jugement à haute voix. Alors le bourreau leva le voile noir, fit apparaître un jeune visage effrayé et hagard, prit la main droite du condamné, l'attacha au poteau avec une chaîne, saisit une hachette, la leva en l'air ; mais M. Victor Hugo ne put pas en regarder davantage, il détourna la tête, et ne redevint maître de lui que lorsque le *Ha !* de la foule lui dit que le malheureux cessait de souffrir.

Une autre fois, il vit la charrette d'un détrousseur de grands chemins nommé Delaporte. Celui-là était un vieillard : les bras liés derrière le dos, son crâne chauve éclatait au soleil.

Il semblait que la peine de mort ne voulût pas qu'il l'oubliât. Il se croisa avec une autre charrette : cette fois la guillotine faisait coup double ; on exécutait les deux assassins du changeur Joseph, Malagutti et Ratta. M. Victor Hugo fut frappé de la différence d'aspect des deux condamnés : Ratta, blond, pâle, consterné, tremblait et vacillait ; Malagutti, brun, robuste, tête haute, regard insouciant, allait mourir comme il serait allé dîner.

M. Victor Hugo revit la guillotine un jour qu'il l'on traversait, vers deux heures, la place de l'Hôtel-de-Ville. Le bourreau *répétait* la représentation du soir ; le couperet n'allait pas bien ; il graissa les rainures, et puis il essaya encore. Cette fois il fut content. Cet homme, qui s'apprêtait à en tuer un autre, qui faisait cela en plein jour, en public, en causant avec les curieux, pendant qu'un malheureux homme désespéré se débattait dans sa prison, fou de rage, ou se laissait lier avec l'inertie et l'hébétement de la terreur, fut pour M. Victor Hugo une figure hideuse, et la répétition de la chose lui parut aussi odieuse que la chose même.

Il se mit le lendemain même à écrire *Le Dernier Jour d'un Condamné*, et l'acheva en trois semaines. Chaque soir il lisait à ses amis ce qu'il avait écrit dans sa journée. M. Édouard Bertin, s'étant trouvé à une de ces lectures, en parla à M. Gosselin, qui imprimait dans ce moment les *Orientales* et qui vint demander le volume de prose comme le volume de vers. Le marché signé, il lut le manuscrit : quand il en fut au passage où l'auteur voulant que son condamné reste absolument impersonnel afin de ne pas intéresser à un condamné spécial, mais à tous, suppose que les feuillets qui contenaient l'histoire de sa vie ont été perdus, M. Gosselin lui conseilla, dans l'intérêt de la vente du livre, « de retrouver les feuillets perdus », M. Victor Hugo répondit qu'il avait pris M. Gosselin pour éditeur et non pour collaborateur. Ce fut le commencement du refroidissement de leurs relations.

Les *Orientales* parurent en janvier 1829, et *Le Dernier Jour d'un Condamné* trois semaines après.

PROSPECTUS ANNONÇANT
L'ÉDITION DES ŒUVRES COMPLÈTES
DE VICTOR HUGO CHEZ GOSSELIN

Dans *Bug-Jargal*, le romancier, avec la même originalité de caractères et la même fidélité de pinceau, a poussé plus avant l'analyse de l'âme humaine et de ses passions les plus étranges, mais sans chercher à relier son roman en drame. À une époque où l'imitation de Walter Scott est presque une contagion nécessaire, même pour de très hauts talents, Victor Hugo s'est tenu à l'abri du soupçon par une diversité de manière incontestable. *Le Dernier Jour d'un Condamné*, roman d'analyse, dans lequel toute la scène est psychologique, et dont les événements sont des idées, des sensations et des rêveries, se sépare encore plus complètement de la manière de l'écrivain écossais. Si jamais, comme il est probable, Victor Hugo se décide à porter sa puissance de combinaison romanesque sur une époque historique, il sera bien prouvé du moins qu'il n'y vient pas sur les traces d'autrui, et que là, non plus qu'ailleurs, son originalité n'aurait pas eu besoin de modèle*. Le roman d'analyse, tel que l'ont exécuté d'habiles écrivains de nos jours, a été jusqu'ici touché presque seulement avec grâce, discrétion, finesse et douce mélancolie ; quand d'orageuses passions y ont été retracées, comme dans *Werther* et *René*, ç'a été presque toujours une seule et même passion sous diverses formes, la vague d'un jeune et grand cœur qui ne trouve point ici-bas son objet ; mais je ne sache pas qu'on ait encore analysé avec tant de profondeur et de précision des sentiments humains à la fois aussi intimes et aussi positifs qu'en ce dernier roman de Victor Hugo ; jamais les fibres les plus déliées et les plus vibrantes de l'âme n'ont été à ce point mises à nu et en relief ; c'est comme une dissection au vif sur le cerveau d'un condamné.

* M. Victor Hugo termine en ce moment un roman historique qui aura pour titre *Notre-Dame de Paris*.

NOTE SUR L'ARGOT

Victor Hugo consacrera, dans *Les Misérables* (IV, 7), une véritable petite étude à l'argot et à ses racines sociologiques. C'est pourquoi les considérations du Condamné (p. 50), la chanson (p. 76-78) et l'intervention du « friauche » (p. 94) revêtent une grande importance littéraire. À travers l'utilisation de l'argot, c'est la signification de la littérature elle-même et son rôle social qui se trouvent mis en jeu. Voici en quels termes éclairants Hugo persiste et signe après plus d'un tiers de siècle :

« Lorsqu'il y a trente-quatre ans, le narrateur de cette grave et sombre histoire introduisait au milieu d'un ouvrage écrit dans le même but que celui-ci un voleur parlant argot, il y eut ébahissement et clameur. — Quoi ! comment ! l'argot ! Mais l'argot est affreux ! mais c'est la langue des chiourmes, des bagnes, des prisons, de tout ce que la société a de plus abominable ! etc., etc., etc. objections.

Nous n'avons jamais compris ce genre d'objections.

Depuis, deux puissants romanciers, dont l'un est un profond observateur du cœur humain, l'autre un intrépide ami du peuple, Balzac et Eugène Sue, ayant fait parler des bandits dans leur langue naturelle comme l'avait fait en 1828 l'auteur du *Dernier Jour d'un Condamné*, les mêmes réclamations se sont élevées. On a répété : — Que nous veulent les écrivains avec ce révoltant patois ? L'argot est odieux ! l'argot fait frémir !

Qui le nie ? Sans doute.

[...]

Rien n'est plus lugubre que de contempler ainsi à nu, à la lumière de la pensée, le fourmillement effroyable de l'argot. Il semble en effet que ce soit une sorte d'horrible bête faite pour la nuit qu'on vient d'arracher de son cloaque. On croit voir une affreuse broussaille vivante et hérissée qui tressaille, se meut, s'agite, redemande l'ombre, menace et regarde. Tel mot ressemble à une griffe, tel autre à un œil éteint et sanglant ; telle phrase semble remuer comme une pince de crabe. Tout cela vit de cette vitalité hideuse des choses qui se sont organisées dans la désorganisation.

Maintenant, depuis quand l'horreur exclut-elle l'étude ? depuis quand la maladie chasse-t-elle le médecin ? Se figure-t-on un naturaliste qui refuserait d'étudier la vipère, la chauve-souris, le scorpion, le scolopendre, la tarentule, et qui les rejetterait dans leurs ténèbres en disant : Oh ! que c'est laid ! Le penseur qui se détournerait de l'argot ressemblerait à un chirurgien qui se détournerait d'un ulcère ou d'une verrue. Ce serait un philologue hésitant à scruter un fait de la langue, un philosophe hésitant à scruter un fait de l'humanité. Car, il faut bien le dire à ceux qui l'ignorent, l'argot est tout ensemble un phénomène littéraire et un résultat social. Qu'est-ce que l'argot proprement dit ? L'argot est la langue de la misère. »

DU MÊME AUTEUR

Dans la même collection

CHOSES VUES, I, 1830-1848 et II, 1849-1885. *Édition présentée et établie par Hubert Juin.*

LES MISÉRABLES I et II. *Édition présentée et établie par Yves Gohin.*

NOTRE-DAME DE PARIS. *Préface d'Adrien Goetz. Nouvelle édition de Benedikte Andersson.*

LE DERNIER JOUR D'UN CONDAMNÉ. *Édition présentée et établie par Roger Borderie.*

QUATREVINGT-TREIZE. *Édition présentée et établie par Yves Gohin.*

LES TRAVAILLEURS DE LA MER. *Édition présentée et établie par Yves Gohin.*

HAN D'ISLANDE. *Édition présentée et établie par Bernard Leuilliot.*

L'HOMME QUI RIT. *Introduction de Pierre Albouy. Édition de Roger Borderie.*

LE THÉÂTRE EN LIBERTÉ. *Édition présentée et établie par Arnaud Laster.*

LE LIVRE DES TABLES. Les séances spirites de Jersey. *Édition présentée, établie et annotée par Patrice Boivin.*

CLAUDE GUEUX. *Édition présentée et établie par Arnaud Laster.*

BUG-JARGAL. *Édition présentée et établie par Roger Borderie.*

MANGERONT-ILS ? *Édition présentée et établie par Arnaud Laster.*

NOTRE-DAME DE PARIS. UNE ANTHOLOGIE. *Préface d'Adrien Goetz. Édition de Benedikte Andersson.*

LES MISÉRABLES. UNE ANTHOLOGIE. *Préface de Mario Vargas Llosa. Édition d'Yves Gohin.*

LES MISÉRABLES (en un volume, série XL). *Édition présentée et établie par Yves Gohin.*

WILLIAM SHAKESPEARE. *Édition présentée et établie par Michel Crouzet.*

LES CONTEMPLATIONS. *Préface de Baudelaire. Édition de Pierre Albouy.*

CARNETS D'AMOUR À JULIETTE DROUET. *Édition de Jean-Marc Hovasse, Arnaud Laster, Florence Naugrette, Charles Méla et Danièle Gasiglia-Laster.*

Dans la collection Folio théâtre

HERNANI. *Édition présentée et établie par Yves Gohin.*

RUY BLAS. *Édition présentée et établie par Patrick Berthier.*

LUCRÈCE BORGIA. *Édition présentée et établie par Clélia Anfray.*

LE ROI S'AMUSE. *Édition présentée et établie par Clélia Anfray.*

MARIE TUDOR. *Édition présentée et établie par Clélia Anfray.*

MARION DE LORME. *Édition présentée et établie par Clélia Anfray.*

ANGELO, TYRAN DE PADOUE. *Édition présentée et établie par Olivier Bara.*

COLLECTION
FOLIO CLASSIQUE

Éditions révisées

1151 E.T.A. HOFFMANN : *Le Magnétiseur et autres contes*. Traduction de l'allemand d'Olivier Bournac, Henri Egmont, André Espiau de La Maëstre, Alzir Hella et Madeleine Laval. Édition d'Albert Béguin. Préface de Claude Roy.

1024 HONORÉ DE BALZAC : *La Vieille Fille*. Édition de Robert Kopp. Nouvelle mise en page.

1437 ÉMILE ZOLA : *L'Œuvre*. Édition d'Henri Mitterand. Préface de Bruno Foucart. Nouvelle mise en page.

2658 MARCEL PROUST : *Le Côté de Guermantes*. Édition de Thierry Laget et Brian G. Rogers. Nouvelle mise en page.

693 JEAN DE LA BRUYÈRE : *Les Caractères*. Nouvelle préface de Pascal Quignard. Édition d'Antoine Adam.

728 FRANÇOIS DE LA ROCHEFOUCAULD : *Maximes et Réflexions diverses*. Édition de Jean Lafond.

1356 SÉBASTIEN-ROCH-NICOLAS CHAMFORT : *Maximes et pensées. Caractères et anecdotes*. Préface d'Albert Camus. Édition de Geneviève Renaux.

2736 ÉMILE ZOLA : *Lourdes*. Édition de Jacques Noiray.

3296 ÉMILE ZOLA : *Rome*. Édition de Jacques Noiray.

3735 ÉMILE ZOLA : *Paris*. Édition de Jacques Noiray.

3319 CHARLES BAUDELAIRE : *Les Fleurs du mal*. Édition collector illustrée. Photographies de Mathieu Trautmann.

3512 GUSTAVE FLAUBERT : *Madame Bovary*. Édition collector illustrée. Préface d'Elena Ferrante.

2599 HANS CHRISTIAN ANDERSEN. *La Petite Sirène et autres contes*. Édition et traduction de Régis Boyer.

2047 MARCEL PROUST : *Sodome et Gomorrhe*. Édition révisée et augmentée par Antoine Compagnon. Nouvelle mise en page.

380 HONORÉ DE BALZAC : *Le Cousin Pons*. Nouvelle édition annotée par Isabelle Mimouni. Nouvelle préface d'Adrien Goetz. Postface d'André Lorant.

Dernières parutions

6820 MIGUEL DE UNAMUNO : *Contes*. Traduction de l'espagnol de Raymond Lantier, revue par Albert Bensoussan. Édition d'Albert Bensoussan.

6831 ALEXANDRE DUMAS : *Le Comte de Monte Cristo*. Édition de Gilbert Sigaux. Préface de Jean-Yves Tadié. Nouvelle édition en un volume, série « XL ».

6832 FRANÇOIS VILLON : *Œuvres complètes*. Traduction de l'ancien français et édition de Jacqueline Cerquiglini-Toulet. Édition bilingue.

6855 ALEXANDRE DUMAS : *Les Compagnons de Jéhu*. Édition d'Anne-Marie Callet-Bianco.

6864 COLLECTIF : *Anthologie de la littérature grecque. De Troie à Byzance. VIIIe siècle avant J.-C. - XVe siècle après J.-C.* Traduction nouvelle du grec ancien d'Emmanuèle Blanc. Édition de Laurence Plazenet.

6866 AUGUSTE DE VILLIERS DE L'ISLE-ADAM : *Histoires insolites*. Édition de Jacques Noiray.

6891 GEORGE ORWELL : *Mil neuf cent quatre-vingt-quatre*. Édition et traduction nouvelle de l'anglais de Philippe Jaworski.

6892 JACQUES CASANOVA : *Histoire de ma vie*. Édition de Michel Delon.

6920 COLLECTIF : *La Commune des écrivains. Paris, 1871 : vivre et écrire l'insurrection*. Textes choisis et présentés par Alice de Charentenay et Jordi Brahamcha-Marin.

Tous les papiers utilisés pour les ouvrages
des collections Folio sont certifiés
et proviennent de forêts gérées durablement.

Impression Novoprint
à Barcelone, le 22 septembre 2022
Dépôt légal : septembre 2022
1er dépôt légal dans la collection : décembre 2016
ISBN 978-2-07-269991-7 / Imprimé en Espagne

557148